レグルス大公
ゾディアス帝国の獣人官僚
獅子の獣人でソルドの行動に
いつも胃を痛めている
クレア
レグルス大公付きのメイド
レグルス大公を敬愛している

ソルド・ガラツ
一騎当千の力を持つ騎士
実は日本からの転生者
トリス・タンドリー
獣人兵団に所属する鶏の獣人
ソルドとは旧知の仲
ルミナ・エクリプス・ゾディアス
ゾディアス帝国の第一皇女
お転婆な性格でソルドを振り回す

CONTENTS

ルミナの聖剣 1

～タイトル的にこいつが主人公だな！～

サニキ　リオ

BRAVENOVEL

プロローグ

世界的大人気RPG『ルミナの聖剣』シリーズ。

聖剣を携えた勇者が冒険の果てに日蝕の魔王を倒すという王道RPGである。発売から二〇年経った今でも多くのファンに愛され続けている名作だ。

今までいくつものシリーズ作品が発売されてきたが、どの作品もゲームハードの売り上げを伸ばすほどに売れた。それこそ、このゲームをプレイしたことがなくともタイトルだけは知っているレベルである。

そんなルミナの聖剣シリーズだが、各タイトルで共通していることがある。

それはヒロインの名前がルミナであること、主人公が中盤以降で聖剣を手にすること、日蝕の魔王が定期的に復活することだ。

主人公に関してはキャラクターデザインこそ同じだが、名前は毎回可変式となっている。これはプレイヤーが自分の名前を付けることでゲームへの没入感を高めるためだ。

しかし、シリーズ最新作ではボイスの実装に伴いデフォルトネームが使用されることになった。その名は――

◆◇◆◇◆◇◆◇◆

「おっちゃん！　新作スイーツできたぞ！」

執務室の扉を蹴破り一人の騎士が入ってきた。

騎士は両手一杯にケーキやらクッキーやらの焼き菓子を抱えており、その表情はとても嬉しそうだった。

一方、部屋の主《あるじ》である獣人の中年男性は不機嫌そうな表情を浮かべていた。

「……ソルド。今は仕事中だ」

「またまたぁ。俺のこと待ってたくせに～」

「クレア、つまみ出せ」

「クレアさんの分もありますよ！」

「すぐに紅茶をご用意いたします」

「忠誠心どこぉ……」

この執務室にいる者の中で一番偉いはずの獅子の獣人は、書類と向き合いながら深く溜息をつく。

鋭い牙と肉食獣特有の獰猛《どうもう》な表情から溢《あふ》れ出す威厳。そんなものはどこにも見当たらなかった。

「お前、ここがどこだかわかっているのか？」

「はっ。こちらはレグルス大公の執務室であります！」

「違う。そうじゃない」

レグルス大公と呼ばれた獅子の獣人は先ほどよりも深い溜息をついた。

その姿はとてもじゃないが、巨大な帝国の官僚を務めているようには見えなかった。

「それで、今日の新作スイーツとやらはなんだ？」

「聞いて驚け、見て笑え……食べておいしい〝フォンダンショコラ〟だ！」

ソルドは芝居がかった口調で自信満々に答える。そんな彼を見つめるレグルスの目には呆《あき》れの色が含まれていた。

「チョコの原料のカカオは帝国南部トロピア地方特産のドスカカオ、小麦粉は帝国東部のベルデ地方特産の日輪小麦、上の生クリームは北方諸島アルカディア特産のゴルドミルクから作ったんだ！」

ソルドは次々と材料の名前を羅列していく。新作スイーツを作るときは必ず材料の産地を覚えているためだ。

「ふむ。まさにこのゾディアス帝国を象徴する菓子というわけか」

レグルス大公は先ほどまでの冷たい態度から一転して、興味深そうに初めて見るスイーツへ目が釘付けになっていた。

「こんな高価な食材、どうやって揃えた？」

「へへっ。奮発しちゃった」

テヘペロという謎の呪文と共に舌を出すソルドの姿に、レグルスは再び大きな溜息をこぼす。

「近衛騎士の給金が良いとはいえ、ここまでしますか？」

「趣味なので！」

「いつも思うのだが、男で菓子作りが趣味とは、お前の前世は随分と自由な世界だったのだな」

「何言ってんだよ、おっちゃん。俺の暮らしてた日本だって帝国よりマシってだけで、大概《たいがい》面倒くさい国だったぞ」

ソルドは勉強ばかりでろくに遊ぶことも許されなかった前世での日々を思い出すと顔をしかめた。

帝国騎士ソルド・ガラッ。彼はかつて一度日本で生まれ育ち、その死後この世界に記憶を持って生まれた転生者である。そのことを知るのはレグルス大公とクレアのみ。

彼が二人にくだけた態度で接するのは、そういった理由があったからだ。

「そういえば、勇者や魔王については何かわかった？」

「お前がろくに知らないことを我らがわかるとでも？」

レグルス大公に白い目を向けられたソルドは、渋い表情を浮かべながら頬を掻《か》く。

「しょうがないだろ。俺はゲームやったことないから内容は詳しく知らないんだよ」

ソルドにはもう一つ秘密があった。

それはこの世界が前世における大人気ゲーム、ルミナの聖剣の舞台であると知っていることだ。

ルミナの聖剣はゲームをやったことのないソルドでも知っているタイトルである。日常的にSNSに触れたことのある者が、ルミナの聖剣について何も知らないでいるということは不可能だった。

そのおかげでソルドは転生してしばらくしてから、この世界がルミナの聖剣の舞台であると気づけたのだ。

「物語の舞台はゾディアス帝国。姫の名前はルミナ、そして日蝕の魔王を倒す聖剣を携えた日輪の勇者、か……」

本来ならば与太話と思われてもおかしくない前世からの原作知識。ソルドから聞き出したそれをレグルス大公とクレアはバカにすることなく真剣に捉えていた。

「日輪の勇者、聖剣、日蝕の魔王。古い文献を集めて徹底的に調べましたが、そんな存在は確認されませんでした」

「唯一共通しているのはゾディアス帝国とルミナ皇女殿下、獣人の存在か」

「ケモナー人気が高いゲームって評判だったからそこはよく覚えてる」

「……本来好ましいはずなのにすごく複雑な気分だ」

レグルス大公は人が嘘《うそ》をついているか動物的第六感で判断することができる。ソルドが転生者であるという話も与太話《よたばなし》として切り捨てることはなかった。

むしろレグルス大公は、ソルドの言っていた原作での出来事は未来に起きる出来事であると判断し、早めに対策を打とうとしていたのだ。

「あっ。そういやまだあったわ、原作知識」

「なんだと。言ってみろ」

「スーマルキって殺鼠剤《さっそざい》がある」

「めちゃくちゃどうでもいい……」

椅子から腰を浮かせたレグルス大公は静かに着席する。あまりにもどうでもいい情報だったからである。

「リアルの殺鼠剤とタイアップしてたみたいだぞ〝イカレタイアップ〟ってトレンド入りしてたわ」

「ですが、スーマルキなんて殺鼠剤聞いたこともありませんよ」

「話題の最新作の確か……『SG』って略されてたシリーズに出てくるらしいですよ」

心底どうでもよさげに思い出した原作知識を語りながらソルドはクレアの入れた紅茶を飲む。

「スーマルキって引っ繰り返すとキルマウスだし。そのままのネーミングだよな」

「そうだな……はぁ」

レグルス大公はなんの足しにもならない情報に深い溜息をついた。

「それにしても、よく信じてくれるよな。前世やゲームの話」

「獣人の間では輪廻転生《りんねてんしょう》という概念もある。輪廻の輪から外れてこちらに迷い込んだ存在がいても不思議ではない。まあ、〝ケータイゲーム〟とやらに関してはわからんが、高度な技術を使用した絵巻のようなものなのだろう？」

「私はソルド様の出自と頓珍漢《とんちんかん》行動に反する高い教養から真実だと判断いたしました」

「理解ありすぎぃ……」

一人で秘密を抱え込まなくて済んだことには感謝しているが、こうも異世界転生に理解のある異世界人というのも釈然としないソルドであった。

第1章　強き者ほど沈みゆく

この国の獣人差別は根が深い。

表向きは共存を謳《うた》っているが、差別意識は根強く残っている。

獣人は人間より身体能力が高く、力仕事や荒事《あらごと》に向いているから職業も肉体労働が多くなる。

そういった区別なら納得できるが、この国における獣人の扱いは不当だ。

獣人は野蛮だ、獣臭い、獣人とは話す価値もない、獣人は人間の奴隷である。

こういった侮蔑的な思想が帝国に蔓延《はびこ》っており、揉め事が起きた際も人間と獣人では無条件で獣人が悪者と見なされてしまう。それを利用した獣人への嫌がらせも多いが、反撃することは許されない。

誰もが不満を持っている。人間がそんなに偉いのか、と。

しかし、誰もが拳を振り上げることもできずに己の身を守りながら生きている。

戦争に負けるとは、そういうことだ。

［次のページへ↓］

人間にも強靭な肉体を持つ種《しゅ》がいる。

元は孤児の身でありがなら一兵卒から近衛兵まで成り上がり、とうとう皇女付きの騎士にまでなってしまった者がいた。

世間的には名誉なことなのだが、一騎当千の騎士を世間知らずな皇女の御付きにするのはもったいない気もする。

[次のページへ↓]

アルデバラン侯爵は変わったお人だ。

人間でありながらも、こちらを差別しない。

獣人の立場を回復するために日々粉骨砕身《ふんこつさいしん》の勢いで働いている彼を見ていると、救われた気持ちになる。

[次のページへ↓]

騎士となった彼は寡黙になっており、ただ淡々と自身の任務に集中していた。

どんな思想を持つようになったかはわからないが、誰にでも平等な対応をすることから分別《ふんべつ》はついているのだろう。

人間が皆、彼のような人であれば良かったのに。

ルミナ皇女殿下は奇特な人だ。

幼い頃から曲がったことが嫌いで、獣人差別を真っ向から下賤な行為だと否定してくれた。

ただやはり世間知らずではある。歴史の勉強だけで帝国の闇を知った気になっているなんてお笑い種《ぐさ》だ。御付きの騎士も振り回されて苦労していることだろう。

でも、彼女なら何かを変えてくれるのではないか。そんな期待をせずにはいられなかった。

［次のページへ↓］

［次のページへ↓］

レグルス大公が殺人罪で投獄された。

獣人だからという理由で疑われ、弁護することも許されなかった。

こんな無法がまかり通っていいのか。これが帝国のやり方なのか。

こんな国、滅びてしまえばいい。

※ルミナの聖剣――
ラストダンジョン魔王城・〃四天王ドラキュラの私室に存在する手記〃より抜粋

◆◇◆◇◆◇◆◇◆

「ま、俺は主人公じゃないし。自由にやらせてもらうよ」

「頼むからもう少し当事者意識を持ってくれ転生者……」

原作未プレイのソルドは、自分は転生者であっても主人公ではないという確信があった。

何せタイトルが〝ルミナの聖剣〟である。タイトル的にルミナが主人公だと思うのが普通である。

「せっかく憧れのファンタジーRPGの世界に転生したんだ。自由に生きなきゃ損でしょ！」

自分に関係ないのだから何も考えずに楽しもう。それがソルドのモットーだった。

そして思う存分この世界を楽しむため、必死に努力して一人で世界を旅できる強さを手に入れた結果、気が付けば自由とはほど遠い近衛騎士になっていたのである。

「ソルド様は本当に変わり者ですね」

「これで外では完璧な騎士で通っているのだからタチが悪いな……」

クレアは変わり者と評したソルドだが、この執務室以外では騎士として完璧な振る舞いをしている。

帝国騎士の中でもソルドは一線を画す実力を持っている。

強さに驕《おご》らず謙虚、寡黙で粛々と任に当たるその姿は平民出身の騎士にもかかわらず、理想の騎士との呼び声も高い。

「では、完璧な騎士様のご厚意をいただきましょうか」

クレアは紅茶を入れると、ソルドの作ったフォンダンショコラを切り分けて盛り付ける。

「あら。中のチョコが溢れ出してきました」

「そのトロトロのチョコもこだわりポイントです！」

「……城に勤める料理人でもここまでしないだろうな」

呆れつつもレグルス大公は内心、初めて見る甘味に心を躍らせていた。

「お待たせしました」

クレアは水面の反射に気を付けつつ、冷ました紅茶をレグルス大公の前に置いた。レグルス大公は獅子の獣人のため、猫舌なのである。

「おっちゃんって絶対、銀食器使わないよな」

銀食器は光沢感と上品な輝きによる見た目の効果だけではなく、抗菌性にも優れている。衛生面も考えて城内では銀食器を使うことが多いのだが、レグルス大公の部屋の調度品には銀製品が一切ない。

「有用性はわかっているのだがな」

「銀製品は光が反射しますからね」

「光の反射？　ああ。おっちゃん眩《まぶ》しいのダメだもんな」

銀製品どころか鏡のない部屋を見てソルドは納得したように頷いた。

それから、ソルドの力作であるフォンダンショコラもテーブルの上に並べられる。

中央に鎮座する白い皿の上に載せられているフォンダンショコラは、ふっくらとした形状で存在感があり、表面には細かいひび割れ模様が浮かび上がっている。

その上には生クリームがのっており、優雅な雰囲気を醸し出している。

それだけでも極上品だとわかるほどの芳《かぐわ》しい匂いが部屋中に充満する。

獣人特有の鋭い嗅覚でそれを楽しむと、レグルスの顔が綻ぶ。

「なんだかんだ言いながら甘い物好きじゃーん」

「ふん。幼い頃は肉ばかり食べていたが、今の立場では書類仕事が多くてな。頭を使うと糖分が欲しくなるのだ。別に甘い物が好きなわけではない」

「獣人の味覚は人間とは異なりますものね。あっ、私は甘い物には目がないので、ソルド様の新作スイーツは大歓迎ですよ」

さりげなく今後もスイーツを持ってくるように要求すると、クレアは思い出したかのように告げる。

「レグルス大公、そろそろアルデバラン侯爵とエリダヌス補佐官の訪問の時間になります」

「むう。もうそんな時間か」

フォンダンショコラを平らげると、レグルス大公は剥《む》き出しになった牙と口の周りを綺麗《きれい》に拭いて身なりを整える。

「その二人って確か獣人支持派の官僚だったよな？」

「ああ。人間でありながら我らの権利を守ろうとしてくれる貴重な方達だ」

アルデバラン侯爵とエリダヌス補佐官は城内でも珍しい獣人支持派の官僚だ。

唯一の獣人官僚という非常に難しい立場にいるレグルス大公からすれば、彼らのような獣人に理解ある官僚は数少ない希望ともいえる存在だった。

「そうだ。フォンダンショコラは二人の分もちゃんと用意してあるよ！」

「本当にお前は変なところで気が回るな」

呆れつつも、ソルドのさりげない気遣いが嬉しかったりするレグルス大公だった。

しばらくすると、扉を叩く音が聞こえてくる。

「どうぞお入りください」

「失礼いたします」

侍女であるクレアが扉を開けて迎え入れると、執務室に恰幅《かっぷく》のいい初老の男性と枝のように細い長身の若い男性が入ってきた。

扉が開いた瞬間、レグルス大公は漂ってきた香水の匂いに顔をしかめるも、それは一瞬のこと。すぐに穏やかな笑顔を浮かべた。

「お時間をいただき感謝しますぞ、レグルス大公」

「いえ。アルデバラン殿には世話になっております故《ゆえ》、時間ならばいくらでも作りましょう」

レグルス大公は立ち上がり、初老の男性アルデバラン侯爵に感謝の意を示す。

獣人の立場を回復する法案を通すため、アルデバラン侯爵には何かと便宜を図ってもらっているのだ。レグルスにとって彼は恩人とも言える存在なのだ。

「人間も獣人も同じ〝ヒト〟ですぞ。私は国民にそのことを理解してもらうために動いているだけに過ぎませぬ」

そう言ってアルデバラン侯爵は呵呵《かか》と豪快に笑う。

「それに他の官僚の執務室は眩しくてかなわん。この部屋は無駄に煌《きら》びやかさがないので落ち着くというものですぞ。獣人云々《うんぬん》関係なしに何度だって来たくなるものだ」

「ははっ。そう言っていただけると、地味な調度品で揃えたかいがあるというものです」

灰色の髪には白いものが交じり始めているが、その眼光は鋭く、まだまだ現役といった様子だ。

そんなアルデバラン侯爵が味方であることをレグルスは心強く思っていた。

「おや、ソルド君もいたのかい」

「はっ、本日もレグルス大公にわたくしめの趣味にお付き合いいただいていたところであります」

「慕われておりますな、レグルス大公」

「いやはや、困ってしまいますな」

いや、本当にな。

心の中で独り言《ご》ちると、レグルス大公は笑顔を浮かべたままアルデバラン侯爵の後ろに立っている若い官僚へと視線を向けた。

「そちらの方がエリダヌス補佐官ですかな？」

「ああ。紹介が遅れて申し訳ない。エリダヌス、こちら獣人官僚のレグルス大公だ」

「お初にお目にかかります、レグルス大公。私はティエタ・エリダヌスと申します。微力ながら獣人の立場向上のため、お力添えができればと考えております」

　エリダヌス補佐官は仰々《ぎょうぎょう》しく頭を下げて挨拶をした。

　その瞳には強い正義の炎が宿っており、レグルス大公もひとまずは信用するに足る人間だと判断した。

「貴殿のような若い官僚が、獣人の立場向上に貢献してくれるというのは心強い限りだ」

「光栄でございます。獣人でも社会進出ができる、そんな世の中を迎えられるようにしていきましょう！」

　握手のため右手を差し出してきたエリダヌス補佐官の言葉に、レグルス大公はすっと目を細める。彼の言葉は立派だ。真剣な様子からも本気で言っていることは疑いようがない。

「そうか。では余《よ》も頑張らねばな」

　だがどこか危うさを感じる。まだ汚い世界を深く知らない若い官僚にはありがちなことだ。

　アルデバラン侯爵もついているのならば、彼の正義感が暴走することもない。レグルス大公はそう結論付けて笑顔を浮かべてエリダヌス補佐官の握手に応じた。

「せっかくですし、お二人共ソルドの作った菓子でも食べながら談笑しませぬか？」

レグルス大公はクレアがさりげなく用意していた椅子を指さして二人に勧める。

「ソルド君の菓子ですか。それは楽しみだ。ご相伴《しょうばん》に与《あずか》りましょうぞ」

「菓子作りのできる騎士とは一体……」

最初は困惑していたエリダヌス補佐官だったが、アルデバラン侯爵が促すと戸惑いながらも席に着いた。

そして二人共、口にしたフォンダンショコラにすっかり魅せられ、上機嫌で執務室を去っていくのであった。

「それにしてもあのエリダヌス補佐官だっけ？　獣人のおっちゃんのとこに来るなら香水つけんのはマナー違反だろうに」

獣人の嗅覚は種によって異なるが、獅子の獣人であるレグルス大公の嗅覚はとりわけ鋭い。そんなレグルス大公にエリダヌス補佐官は香水の匂いを振りまいてきたのだ。不快に思って当然である。

「そう言ってやるな。彼は若い。獣人への理解もまだ浅いのだろう」

「それで獣人の立場向上とか抜かしてんのかよ」

「アルデバラン殿が傍《そば》についているのだ。その辺りはおいおい教育してくれるだろうよ」

レグルス大公は苦笑いを浮かべると、不満げな表情を浮かべているソルドを諌《いさ》める。

「今は獣人を理解しようとする姿勢があるだけでもありがたい。そんな彼を菓子でもてなせたのだ。感謝するぞ」

「おう。もっと褒めてもいいんだよ」

「よーし。とっとと出ていけぇ」

先ほどまで無言で部屋の隅にいた大人しさはどこへやら。調子に乗り出したソルドをあしらうと、レグルス大公は再び机に向き合い、仕事に戻ろうとした。

「これはこれはレグルス大公。ごきげんよう」

しかし、そんなレグルス大公を邪魔するように、室内へ真っ白な髪と髭、大きな丸眼鏡が特徴的な老人がノックもなしに入ってくる。

彼はこの国の宰相であるポルト・ルゥ・ヴァルゴ大公だ。

反獣人派の筆頭として有名であり、レグルス大公としてもあまり関わりたくない人物だ。

そんな人物が部屋に入り込んできたことに嫌な予感を覚えつつ、レグルス大公はなんとか笑顔を取り繕って口を開く。

「ヴァルゴ大公、どうされたのですか。わざわざこのようなところまでお越しいただくなんて。何かあったのでしょうか？」

「そうさな。宰相である私がわざわざ獣人官僚なんぞのところに来たのだ。理由の一つくらいはあるわい」

明らかにバカにしたような言葉。それに対してレグルス大公は眉一つ動かさない。この程度のことで反応していては獣人の身で官僚は務まらない。

その代わり、部屋の隅で片膝をついているソルドの肩は怒りで震えていた。

「ちと、よくない噂《うわさ》を耳にしてな」

「噂、ですか」

「獣人が違法な娼館を営業しているという話が帝都で噂になっておる」

「なんですと……！」

いつものように嫌味を言いに来たのかと思えば、ヴァルゴ大公が持ってきた話は真剣な話題だった。

「獣人の娼館営業は法で固く禁じている。それを帝都で堂々と行うとは、まことに業腹《ごうはら》な話だとは思わんか」

獣人は人間とは肉体の構造が異なる部分が多い。帝国設立当時は人間と獣人が交わったことで人間側に死者が出た事件も多くあったくらいである。

「もちろんでございます。即刻調査し、すぐに営業を取りやめさせます」

「当然の話さね」

レグルス大公が力強く宣言すると、満足げにヴァルゴ大公が笑う。

これでようやく帰ってくれるかと思ったレグルス大公だったが、そんな考えを見透かすようにヴァルゴ大公は続ける。

「それよりも、また例の騎士が菓子を持ってきているようだな」

テーブルの上に並べられたフォンダンショコラを眺め、ヴァルゴ大公は鼻で笑った。

「まったく、獣の舌では甘味など満足に味わうこともできぬだろうに……無駄なことを」

その瞬間、片膝をついているソルドから殺気が漏れ出そうになる。

「はっはっは。これは手厳しい！」

それを察したレグルス大公はわざとらしく笑ってみせた。

「しかし、せっかくの厚意を無下《むげ》にもできませぬ。なに、糖分を得た分仕事は捗《はかど》ります故、どうかご勘弁いただきたい」

「そうさな。いつも以上に仕事をしてくれるというのならば文句はない」

言いたいことは一通り言い終えたのか、ヴァルゴ大公は踵《きびす》を返すとそのまま部屋を出ていこうとする。

「近衛騎士ソルド・ガラッ」

そして、扉に手をかけたところで立ち止まり、ソルドへと声をかけた。

「はっ」

「元は孤児の身でありながらその実力を買われ、近衛騎士団まで上り詰めたのだ。自身の努力をふいにしないよう、振る舞いには気を付けることだな」

「ご忠告、しかと心に刻みます」

「ふん。ならいい」

ソルドの返事を聞くと、今度こそヴァルゴ大公は執務室を出ていった。

足音が遠ざかると、レグルス大公は大きく息を吐いて椅子の背もたれに身を預ける。

「やれやれ……」

レグルス大公が安堵《あんど》していると、ソルドが大声で悪態をつきはじめる。

「かぁー！　何が振る舞いには気を付けろだ、クソジジイ！」

ヴァルゴ大公が執務室を出た途端にソルドは中指を立てて罵倒する。

「……しかと心に刻んでおけよ」

呆れながら横に視線を動かしてみれば、そこにはソルドと同様に中指を立てたクレアの姿があった。

「クレア、お前もか……」

彼らにとって、ヴァルゴ大公は生理的に受け付けない存在だった。

獣人よりも人間のほうが人間側の態度に怒っている。その事実がどこかおかしくてレグルス大公は口元を吊り上げた。

「ヴァルゴ大公は過去に獣人が原因で息子を亡くされたと聞いている。余に当たってしまうのも無理はない」

「ただの八つ当たりだろ、それ」

「ソルド様に同意です」

「まあ、そう言うな」

レグルス大公の言葉にソルドとクレアは不満げに口を尖らせる。そんな彼らに苦笑いを浮かべながらもレグルス大公は二人を宥《なだ》めた。

「……それにしても、次から次へと厄介《やっかい》なことばかり起こる。これ以上は勘弁してもらいたい

ところだ」

胃を摩《さす》りながら呟《つぶや》いた言葉は、誰にも聞かれることなく虚空に消えていく。

そして一週間後、レグルス大公はアルデバラン侯爵殺害の罪で投獄されることになるのであった。

◆◇◆◇◆◇◆◇◆

レグルス大公は帝国城内の地下牢にて全身に太い鎖を巻き付けられ、厳重に拘束されていた。

「いやぁ。おっちゃん捕まっちゃったなぁ」

「当たり前のように地下牢に来るんじゃない」

牢屋の前で胡坐《あぐら》をかいて呑気にお茶をすすりながら鎧《よろい》に身を包んだソルドが、拘束されているレグルス大公へと話しかける。

「よく面会が許されたものだ」

「まあ、俺がおっちゃんと仲良いのは近衛騎士なら全員知ってることだし」

「日頃の行いだけは良かったようだな」

レグルス大公は皮肉げに言うと、大きく溜息をつく。

「しかし、弁解の余地もなく投獄とはな……改めて獣人の立場の弱さを思い知らされた」

今回の事件、レグルス大公が獣人だからという理由で、彼には弁解の余地は与えられず有罪となってしまった。容疑をかけられただけで、弁解の余地もなく投獄されたのだ。

「おっちゃん、皇族の血筋なのにな」

「皇族の血筋だからこそ、だな」

レグルス大公は苦笑いを浮かべる。彼は元を辿れば皇族である。

かつて獣人の王国アルギエが戦争で負けた際、国を治めていた女王は人間の皇族のもとに嫁ぐことになった。レグルス大公は獣人王族と人間の皇族、両方の血を引く獣人なのである。

「皇族の血筋だから無下にはできない。しかし、獣人に権力をあまり持たせたくはない。余の扱いだけで当時は相当揉めたものだ」

「獣人の中でも伝説の存在って言われる雄獅子の獣人だ。そりゃ下手に追放でもしてクーデター起こされたらかなわないもんな」

皇族に嫁いだ獣人の女王は言わば戦利品。その血筋の者の役目は獣人への見せしめ。

人間と交わったことで獣人の血は薄れ、獣の耳や牙がかすかに残る程度。

獣人の王が獣人でなくなっていく様を見せつけることで、獣人の心を折る。レグルス大公の一族が官僚として人間の皇帝に仕えられるのもそのためである。

しかし、レグルス大公は奇跡的に先祖返りを起こし、かつて獣人の王国を治めた伝説の雄獅子の獣人として生まれた。

色濃く獣人の遺伝子が刻まれた彼は獣人達にとって希望の象徴ともされた。

もしも、彼が〝獣人の血が濃い者として生まれた〟ことが理由で帝国城から追放されたとなれば、それは獣人達にとって反旗を翻《ひるがえ》す合図となってしまうだろう。

「その結果がこれだ。殺人罪で処刑されたとあれば仕方ないと、誰もが納得するというものだ」

レグルス大公は自嘲気味に笑う。

「クーデターなんぞ起こす気もないのだがな」

「んなこと、みんな知ってるよ」

軽い調子で当たり前のように告げるソルドを見て、レグルス大公は心が軽くなるのを感じていた。

普段からふざけた態度で接してくるソルドがいつもと変わらぬ調子で自身を信じてくれている。それは獣人として蔑《さげす》まれつつ必死に生きてきたレグルス大公にとって、一つの救いだった。

「クレアはどうしてる？」

「必死にいろいろ調べてるよ。一応、俺も近衛騎士だし協力はしてる」

幸《さいわ》いなことにソルドは近衛騎士として城内をある程度自由に動ける。それを利用して調査を行うこともできた。

「さすがだな。余のことはともかくアルデバラン殿の無念は晴らしてほしいものだ」

「アルデバラン侯爵も良い人だったたからなぁ」

今回の被害者であるアルデバラン侯爵は帝国の中でも最も獣人差別問題に真剣に取り組んでいた人間だった。種族、身分関係なく誰にでも分け隔てなく接する柔軟さを持ちつつも、強い正義感を持った人物でもある。

特にレグルス大公にとっては旧知の間柄であり、良き友でもあった。

だからこそ、レグルス大公は自分がこんな状況にもかかわらず、アルデバラン侯爵の死を嘆いているのだ。

「幸い、侯爵の仕事はエリダヌス補佐官が引き継ぐことになるらしいよ」

「彼も師を亡くして辛《つら》かろうに、頑張っているのだな」

アルデバラン侯爵が行っていた仕事はエリダヌス補佐官が引き継ぐことになった。レグルス大公はまだ若く、これから様々なことを学ぼうとしていた矢先に導き手を失った官僚に同情した。

「事件の調査はどうなっている？」

「いろいろ聞き込みしたけど、あんまり成果はないってのが現状かねぇ」

ソルドはまず、城の人間達から話を聞いて回った。

城で働く人間は大半が獣人に偏見を持っている人間達であり、協力が得られる可能性は低い。低いはずだった。

『誰もレグルス大公が殺したなんて思っちゃいないさ。正直、今回の件は獣人嫌いな宰相の陰謀だって噂も立ってるくらいだ』

『レグルス大公が殺しなんてするわけないわ。あの人、顔は猛獣みたいで怖いけど、とてもお優しい方だもの』

『そもそも殺されたのは獣人支持派の官僚だろう？　レグルス大公が殺す意味なんてないだろ』

しかし、想像以上にレグルス大公は慕われていた。官僚も侍女も口々にレグルス大公の無実を確信していたのだ。

彼らとて獣人への偏見はある。それはそれとして、レグルス大公の人柄は彼らにも伝わっていた。

「おっちゃん、あんたやっぱすげぇよ」

一通り事件の概要を掴めたソルドは、改めてレグルス大公の凄さを実感していた。

「でも、誰も表立っておっちゃんの擁護はしてくれなかった」

「仕方のないことだ。今回のことに異を唱えることができる者など、皇帝陛下くらいしかおらん」

それだけ帝国に根付いている獣人への差別意識は深いのだ。

「それにしても、あのアルデバラン侯爵がみすみす殺されるなんてあり得るのかよ」

被害者であるアルデバラン侯爵は、城の堀に浮かんでいたところを発見された。

死因は溺死。遺体の頭部には鈍器で殴られたあとがあり、このことからこの一件は事故ではなく、殺人事件として扱われることになったのだ。

「それも余が疑われる一因なのだろうな……」

アルデバラン侯爵は官僚でありながら、肉体の鍛錬は怠っていなかった。

レグルス大公ほど筋肉隆々とまではいかないものの、騎士と比べても遜色《そんしょく》ないほどの筋力を持っていた。剣術、槍術、共にかなりの腕前だったと城内では専《もっぱ》らの評判だった。

そんな彼が抵抗らしい抵抗もせずに殺害されたのは、やはり不可解であった。

そうなると疑われるのは強靭な肉体を持ち、アルデバラン侯爵と親しかったレグルス大公となってしまうのだ。

「調書のほうはどうだ？」

「近衛隊長に頼みこんで見せてもらったのを暗記して写してきたぞ」

「さらっと、とんでもないことをするな」

ソルドの行動に呆れるレグルス大公だったが、すぐに頭を切り替えてソルドが見せてきた紙束に目を通す。

そこにはアルデバラン侯爵殺害時の状況が詳細に書かれていた。

『事件概要：タウロス・アルデバラン侯爵が城の堀で水死体として発見された。犯人とされるのは、獣人官僚であるガレオス・ソル・レグルス大公である』

『発見時の状況：アルデバラン侯爵の遺体は帝国城西部の堀に浮かんでいる状態で発見された。遺体は水中に沈んでおり、衣装の一部に空気が入り込んで浮いている状況だった。発見者は巡回中の近衛騎士。巡回中に遺体が浮かんでいるのを目撃し、即座に他の兵士に知らせ、事件が明らかとなった』

『遺体の状態：アルデバラン侯爵の遺体は全身がふやけており、死後数日経過していることが窺《うかが》えた。遺体の頭部には鈍器で殴られた痕があったが、アルデバラン侯爵は大量に水を飲んでおり、死因は溺死だと推測される』

『周辺の状況：堀の周辺には異常は見られず、アルデバラン侯爵を目撃した人物もいなかった』

「思ったよりもちゃんとした調査がされてててビビったよ」

「これが平民の獣人の事件だったら、いい加減に書かれていたのだろうな」

今回の事件はレグルス大公を陥れようとする何者かの策略である可能性が高い。ならば、レグルス大公が犯人扱いされてもおかしくはない。

そんな中で彼を信じる人間が城内にはいるというだけでも、レグルス大公がしてきたことは無駄ではなかった。

「せめて犯行時刻がわかれば、アリバイも立証できたかもしれんのだがな」

「水死体から死亡推定時刻を割り出すのは難しいぞ？　水中での死体の変化は、水温や水質、経過時間などによって変わってくるから」

「お前、本当にそういう知識だけは豊富だな」

「元ガリ勉の転生者なもんで」

おどけたように笑うソルドを見て、レグルス大公は苦笑する。

「しかし、この状況から無実の証明は難しそうだ」

「悪いけど、これ以上の無茶はできない。クレアさんは危ない橋でも渡りそうだけど」

「仕方ないことだ」

冷酷ともとれるソルドの言葉に、レグルス大公は静かに目を瞑《つむ》る。

「まあ、危なそうなら止めるつもりだよ」

「そうか。頼んだぞ。余が処刑されるとなれば、彼女は無茶をしかねん」

クレアはレグルス大公の侍女でありながらも、ほとんど補佐官といっても差し支えないほどの働きをしてきた。

そして、その忠誠心は誰よりも高いことをレグルス大公はよく知っている。

彼女が無謀なことをしかねないと危惧したレグルス大公は、彼女を止めてくれる者がいることに安心していた。

「安心しろって。おっちゃんの遺骨はご先祖様の故郷に届けてやるから」

「ははっ。そいつはいい！　是非《ぜひ》とも頼みたいところだ」

「その代わり、化けて出てくんなよー？」

「当たり前だ。これでも誇り高き獅子の獣人だぞ。そんなみっともない真似はせんわ」

冗談を言い合い、二人は同時に噴き出した。

「そんじゃ、俺はそろそろ行くわ」

「ソルド」

立ち上がり土埃《つちぼこり》を払うソルドへ、レグルス大公は声をかける。

振り向いたソルドの表情はいつもと変わらない気楽なものだった。

「この国を頼んだぞ」

「はいよー」

最後の会話になるかもしれないというのに、ソルドはいつもと変わらぬ調子で手をひらひらとさせながら牢屋の前から去っていく。

「待ってろよ、おっちゃん。必ず助けてやるからな……！」

地下牢を出て小さく呟いたソルドの手には血が滲《にじ》んでいた。

◆◇◆◇◆◇◆◇◆

独自の調査を進めていくうえで、ソルドは地下用水路へ辿り着いていた。

ソルドが地下用水路へと足を運んだのには理由がある。

事件現場が堀の周辺でない可能性を考えていたのだ。

堀は城を囲うように存在しており、周辺の環境も野ざらしになっている。現場保存などされているわけもなく、事件の真相を掴むのは困難を極める。

ただ一つだけ確かなことがある。

アルデバラン侯爵は堀に直接落とされたわけではないということだ。

堀の範囲は広く、夜間は獣人でもなければ遺体を発見するのは困難であり、発見が遅れること自体は理解できる。

しかし、アルデバラン侯爵の遺体はふやけているだけではなく、頭部以外の損傷がなかった。

つまり、堀に住んでいる魚などの水生生物に食べられることがなかったということだ。

そこでソルドは犯行現場の候補として、地下用水路を調べることにしたのだった。地下用水路ならば、滅多《めった》に人が立ち入れないうえに堀とも繋がっている。そのうえ、地下用水路の水深は二メートル以上ある。落とされれば十分溺死する可能性はある。

いまだ推測の域は出ないが、ソルドはこの場所が犯行現場の可能性が高いと踏んでいた。

「やっぱり、あのクソジジイが絡んでるのか？」

アルデバラン侯爵が殺された理由として考えられるのは、獣人の社会的地位向上を目指していたからというものである。獣人をよく思わない人間が獣人支持派の力を削《そ》ぎつつ、レグルス大公を陥れようとした。そう考えれば筋は通る。

そうなると、怪しくなってくるのはやはり人間史上主義を掲げる宰相ヴァルゴ大公だ。

「いや、あのジジイだってバカじゃない。官僚を殺すなんてリスクが高すぎる」

獣人に罪を着せて投獄するのならば、わざわざ官僚ではなく侍女や下級文官を殺してしまえば結果は同じになったはず。

アルデバラン侯爵は獣人支持派ではあったが、獣人を差別しないだけで贔屓《ひいき》していたわけではない。官僚としても優秀だったため、彼がいなくなった際の影響力は大きい。

「にしても、酷い臭《にお》いだな……」

地下用水路は城内で出た汚水などを排出する役目を持っている。そのため、城内の糞尿を含む汚水が混ざり合った用水路は酷い悪臭を放っていた。

鼻をつくような悪臭に顔をしかめながら、松明《たいまつ》で辺りを照らして奥へと進んでいく。

すると、遠くから微《かす》かに足音が聞こえてきた。地下用水路には定期的に職人が点検に来るが、点検は先日終わったばかり。故に、この場に何者かがいることはあり得ないはずだった。

現状手がかりを掴めていないソルドにとって、この足音は希望とも言えるものだった。

この機を逃すまいと、ソルドは弾かれたように駆け出し、足音の主のもとへと向かう。

「何者だ！」

「ひっ！」

頭まですっぽりと覆うフード付きの外套を纏った不審人物に剣を突き付けると、相手は小さく悲鳴を上げた。声の高さからして相手は女性。それもまだ若い少女のように感じられた。

「名を名乗れ！　何故《なぜ》ここにいる！」

怯えるように身を震わせている女性に向かってソルドは声を荒らげる。

普段のソルドならば、ここまで荒っぽい対応はしなかっただろう。

しかし、現在のソルドはレグルス大公の事件のことで苛立《いらだ》っており、少女の首筋に刃を当てるほどに冷静さを失っていた。

「わたくしは城内で侍女を務めているナルミと申します」

気丈に振る舞いながらも震える声で自己紹介をした少女はナルミと名乗る侍女だった。

「……日本人みたいな名前だな」

「ニホン人？」

「いや、こちらの話だ。気にするな」

つい警戒を緩めそうになったソルドだったが、再び気を引き締めてナルミへと問いかける。

「私は近衛騎士ソルド・ガラツだ。城内で起きたアルデバラン侯爵殺人事件について調査をしている」

「近衛、騎士」

身分を明かすと、息を呑む音が聞こえた。

明らかに怪しい様子のナルミに、尋問をするようにソルドは問いかける。

「この場は通常ならば侍女が立ち入る場所ではない。何を隠している」

「隠しているというか……事件とは無関係ですので」

「そのような戯言《ざれごと》を信じると思うか？」

「……ですよね」

乾いた笑いを浮かべた彼女は、観念したかのように両手を上げてガックリと項垂《うなだ》れた。

「実はこの地下用水路を使って外に出ようと思っておりまして」

「殺人事件で城内が騒ぎになっているこのときに、か？」

「騎士様はどうやらわたくしのことを疑っているようですので先に言わせていただきますが、わたくしは神に誓って今回の殺人事件とは無関係です」

はっきりとした口調で告げるナルミにソルドはたじろぐ。先ほどまで怯えていたというのに、ここまで力のこもった言葉を返されるとは思っていなかったのだ。

「では、何故わざわざ地下用水路を使って城を抜け出そうとしているのだ。後ろ暗いことがあるからではないのか？」

「はい。後ろ暗いことはあります。ですが、そのことは事件と無関係です」

きっぱりとそう言い切るナルミに、今度こそソルドは困惑してしまう。

目の前にいる侍女は殺人事件とは関係なしに、人目を盗んで城を抜け出そうとしている。そんな言い訳信じられるわけがない。

しかし、目の前の少女は嘘をついているようにも見えなかった。

むしろ、この状況でも臆することなく堂々と振る舞う姿には強い意志すら感じられる。

らしくないと思いながらも、ソルドはひとまず彼女の言葉を信じてみることにした。

「本来ならば問答無用で拘束するところだが、今は時間が惜しい。なんでもいい。事件について知っていることがあれば教えてくれ。それを条件にお前を見逃すことを約束しよう」

ナルミは松明も持たずに薄暗い地下用水路を歩いていた。それはつまり、彼女がこの場所について詳しいということだ。

事件の関係者でなくとも、何か手がかりを掴めるかもしれない。

そう判断したソルドは彼女から情報を聞き出すために、彼女を見逃すことに決めた。

「ありがとうございます。そうですね。わたくしが知っていることといえば、この地下用水路は緊急時の脱出路の一つということくらいでしょうか」

帝国城内には、有事の際に皇族や官僚の重役達が逃げるための脱出路が設けられている。

この地下用水路もその一つだったのだ。

「他にはないか」

「あとは……慣れている者でなければ歩くのは危険ということくらいでしょうか」

「つまり松明を持たずに歩いているお前は脱走常習犯ということか」

「その話は一旦置いておきましょう」

図星《ずぼし》を突かれたからなのか、下手くそな口笛を吹くナルミにソルドは思わず溜息を漏らす。

「だが、お前の言った通り足元には瓦礫《がれき》も転がっているな。確かにこれは危険だ」

松明で足元を照らしてみれば、小さなものから大きなものまで様々な大きさの瓦礫が転がっていた。

「あの。アルデバラン侯爵が殺された事件についてはわたくしも存じ上げております。でも、彼が見つかったのは城の堀ですよね。何故、地下用水路に？」

真剣な表情で地下用水路を調べているソルドに、ナルミは疑問を口にする。

「アルデバラン侯爵のご遺体はふやけてはいたものの綺麗な状態だった。となると、外へと通じているこの用水路で溺死し、排水と共に堀へとご遺体が流れていったと考えるのが自然だろう」

ソルドは頭を掻きながら、アルデバラン侯爵の遺体が発見されたときの状況を説明する。

「だが、そこから先は手詰まりだ。今必要なのはレグルス大公が犯人ではないなんて当たり前の証拠じゃない。真犯人を突き止めるための決定的な証拠なのだ」

レグルス大公は弁解の余地もなく投獄されてしまった。それは獣人の立場の弱さ故だ。

彼の無実を証明するためには真犯人を見つける他ないのである。

「あなたは事件の調査ではなく、レグルス大公の無実の罪を晴らすために動いていたのですか！」

驚いた様子のナルミの言葉にソルドは何も答えない。

沈黙を肯定と判断したナルミはさらに言葉を続ける。

「素晴らしいです。獣人への差別意識も持たずに正義感を持って行動するなんて！」

その瞳に、声音に尊敬の色を乗せて心の底からの称賛の言葉を贈るナルミに、ソルドは戸惑いを見せる。

「まさか、城内にこれほど正義感に燃える聡明な方がいたとは……わたくしもまだまだです」

一体、何がまだまだなのか。

勝手に盛り上がっているナルミを横目に見ながら、ソルドはそんなことを考えていた。

「それで!?　レグルス大公が犯人ではないことが当たり前とおっしゃっていましたが、どうしてそう思ったのですか!?」

なんだこいつ。面倒くさいな。

そう思ったソルドだが、情報を引き出すために仕方なくレグルス大公が犯人ではない根拠を語ることになった。

「……泳げないんだよ、あの人」

溜息をついてソルドは観念したように白状した。

人の弱点を勝手に話すのは気が引けたが、今はそんなことを気にしていられる状況ではなかった。

「苦手とかそういう次元の話じゃない。本能的に水を恐れてるくらいのカナヅチなんだ」

レグルス大公は泳ぎが大の苦手であった。

獣人は力を宿している動物と同じ生態的特徴を持つことがあり、レグルス大公もその例に漏れず、獅子としての怪力、嗅覚、強靭な顎を持っていた。

そして、その筋肉質な肉体は泳ぎには不向きであり、本能に刻まれた水への恐怖も加わり、彼は過剰に水辺を恐れていた。

今回のアルデバラン侯爵の死因が溺死である以上、レグルス大公が犯人であることはまずあり得ないのである。

「その証拠に彼の執務室には銀食器や鏡の類《たぐい》がない」

「何故、銀食器が関係してくるのですか？」

突然話を変えたソルドにナルミは首を傾《かし》げる。

レグルス大公の執務室に銀食器の類は一切置かれていなかったとして、それがアルデバラン侯爵殺害事件とどういう関係があるというのか。

不思議そうな顔をするナルミへソルドは懇切丁寧に説明する。

「個人差はあると思うが、泳げない人の中には水面の反射が想起される光の反射に敏感に反応し、それを見るだけで不快感や不安を覚える場合がある。鏡面のような光沢のある物を避けるのは、そういった精神的な理由からだ」

「なるほど……」

ナルミはソルドの知識に感心したように頷いた。

「待てよ。光の反射を嫌うって……」

自分でナルミに説明しているうちに、ソルドの中で何かが引っかかった。

『それに他の官僚の執務室は眩しくてかなわん。この部屋は無駄に煌びやかさがないので落ち着くというものですぞ。』

脳裏に浮かぶのは呵呵と豪快に笑うアルデバラン侯爵の言葉。

「侯爵の遺体は沈んでいた。浮いていたのは服に空気が入ったから。侯爵の身体もレグルス大公に負けず劣らず筋肉質……」

ぶつぶつと考えを口にしながら考え込むソルドだったが、すぐにハッとした顔でナルミへと詰め寄る。

急な接近に驚いて後ずさるナルミであったが、ソルドはお構いなしに問いかける。

「なあ。もし侯爵がレグルス大公と同じくらい泳げなかったとしたら、どうしてわざわざ地下用水路に来たと思う？」

「そう言われましても。この場以外で気絶させられて運ばれたという可能性もあるのでは？」

「夜だろうと、かなりの数の近衛兵が巡回してるんだ。大柄な男性を抱えて、誰にも気づかれずに移動するなんて、それこそ獣人くらいのスペックがないと不可能だ」

そして、帝国城の中に常駐している獣人はたった一人、レグルス大公しかいない。

犯人はレグルス大公でない以上、別の場所で気絶させられて地下用水路まで運ばれてくることはあり得ないだろう。

「あっ！　何者かに呼び出されたという可能性はありませんか？」

ナルミは名案とばかりに口を開いた。

「どうしても知られたくない、知られてはまずい弱みを握られていれば、水が怖いなんて言っていられませんよ！」

「弱みねぇ……」

ナルミが出した結論に、ソルドは怪訝《けげん》な表情を浮かべる。

アルデバラン侯爵は高位の官僚でありながら、質実剛健な人物として有名だった。

清濁併せ呑まなければ出世できない貴族社会において、彼の在り方は非常に稀有《けう》であるといえる。たとえ、身内だろうと汚職に手を染めれば容赦なく断罪する。それほどの正義感を持つ人物なのだ。

何よりも、動物的第六感を持つレグルス大公に善人と称されるほどの人物である。

ソルドにはアルデバラン侯爵に探られて痛い腹があるとは思えなかった。

「確かに、地下用水路に行きたくなくとも行かざるを得ない。侯爵が来るとしたら理由はこれくらいか」

とはいえ、現状ではその可能性が一番高いのだ。

人柄であり得ないと判断し、無意識に真実へ辿り着ける可能性を排除していたことをソルドは反省した。

「泳げない自分が地下用水路に呼び出されたとあれば、殺される可能性は考えるはず。侯爵にしては不用心すぎないか？」

「犯人がそれほど気を許した人物だったとか！」

「……考えれば考えるほど、おっちゃんが犯人になってくの、なんかのバグだろ」

そして、泳げないという点を除けば、レグルス大公が犯人であるピースが揃っていくことにソルドは頭を抱えていた。

「あなたはレグルス大公と親しいのですか？」

「私にとっては命の恩人だ」

「命の恩人、ですか。どんな出会いだったのですか？」

興味津々《しんしん》といった様子でナルミはソルドに質問を投げかける。

「私は焼け落ちた村のたった一人の生き残りだったんだ」

ソルドは〝新たな命として〟この世界に生まれ落ちたときのことを思い出す。

生まれつき意識のあったソルドが母の顔の次に見た光景は、火に焼かれた家族と故郷だった。

「レグルス大公は獣人というだけで人間から蔑まれていた。それなのに、人間の私を迷うことなく助けてくれたのだ」

　そのときから、レグルス大公はソルドにとってのヒーローだった。

　ソルドが人間の身でありながらも獣人に偏見がないのは、元の世界での価値観で獣人という
ファンタジーな存在を格好良く感じていたからだけではない。

　何よりもレグルス大公という見た目も心意気も格好良い獣人が傍にいたからである。

「だから、今度は私がレグルス大公を助ける番なのだ」

　固く握りしめた拳から血がこぼれ落ちる。

　何が転生者だ、何が現代日本知識だ。恩人一人救えないでそんなものになんの意味がある。

　こうしている間にも、レグルス大公は地下牢で不当な扱いを受けているのだ。

「迷い道もいずれは正道となる」

「え？」

　唐突にナルミが発した言葉に、ソルドは思わず聞き返した。

「ゾディアス帝国初代皇帝の残した格言です。一見、道に迷っているように見えても、正しい
道を進んでいるという意味の言葉ですよ」

「……ああ、急がば回れ的な」

「それは知りませんが」

　日本のことわざを知らないナルミは困ったように笑いながら続ける。

「理不尽に投獄された恩人を救いたくても、それ故に焦っては真実を見落としてしまいます

よ」

「……それも、そうだな」

ソルドはナルミの言葉に励まされたような気がして、どこか吹っ切れた気分になっていた。

「それでは、わたくしはこれで失礼します」

「ああ。気を付けて行けよ」

見逃すと言ってしまった以上、約束は守らなくてはならない。

どう考えても不審者ではあるが、地下用水路を進んで外へと向かうナルミを止めるつもりはもうなかった。

そんなとき、突然暗闇の向こう側から声が聞こえてきた。

「ソルド様、そこにいらっしゃいますよね！」

その声には聞き覚えがある。共にレグルス大公の濡れ衣を晴らすために動いている侍女のクレアだ。

「あなたの横にいる人、捕まえておいてください！」

「御意《ぎょい》！」

ソルドはすぐに了承の意を示すと、ナルミの腕を掴む。ジタバタと抵抗するも、騎士であるソルドに侍女であるナルミが筋力で敵うはずもなかった。

「騎士様の嘘つき！　見逃してくれるって言ったじゃないですか！」

「すまん。つい反射で」

ナルミの抗議にソルドは申し訳なさそうに謝る。

「また脱走ですか。しかも殺人事件で城内がごたついているときを狙うなんて、タチが悪いですよ」

そして、すぐに駆けつけたクレアは呆れたように溜息をついた。

「く、クレア……わたくしは、その――」

「早く自室にお戻りくださいませ」

「はい……」

問答無用で告げる彼女に、ナルミは引きつった笑みで応えるしかなかった。

ガックリと肩を落とし、とぼとぼとナルミは地下用水路の入り口へと引き返していく。

「城内勤務の侍女はみんな松明持たずに暗闇を歩けるもんなんですね」

ソルドは口調をいつものくだけたものに戻すと、感心するように呟く。

ナルミもクレアも松明を持たずに平然と薄暗い地下用水路を歩いていた。

騎士である程度夜目の利くソルドですら松明で照らさないと危ないというのに、だ。

「まあ、ここは緊急用の脱出路でもありますからね。一部の者は目を瞑ってでも外に出られますよ」

「はえー、さすがですね」

ソルドは間抜けな声を出しながらも、侍女って大変そうだなー、としみじみ思った。

「それにしても何度来ても、ここは酷い臭いです」

「城内の汚水大集合ですからねぇ」

鼻が曲がりそうな悪臭に、ソルドは顔をしかめる。こんな場所に何度も足を運ぶ者の気が知れない。

「まったく。追いかけなければならないこちらの身にもなってもらいたいです」

クレアも辛いのは同じだったようで、この場にいないナルミに対して恨み言を吐く。

「嫌なら入り口で待っていればよかったのに」

「そうはいきません」

ソルドの指摘にクレアは少しむっとして答える。

「万が一、外に出られては困ります。あの方を連れ戻すことも私の仕事ですから」

「相変わらず、仕事熱心ですねぇ」

クレアのプロ意識の高さに、ソルドは苦笑いを浮かべた。

「なあ、クレアさん。あの侍女ってもしかしてクレアさんの上司だったりする？　敬語使ってたし」

「ええ、まあ、そのようなものです」

どこか歯切れの悪いクレアの様子から、ある可能性に思い至りつつも、それ以上は特に追及することもなかった。

焦らず冷静に事件解決に努める。それがソルドの最優先事項だった。

翌日、帝国城内にある近衛兵駐屯所で目が覚めたソルドは、同室の騎士に部屋から叩き出された。

同僚曰《いわ》く、臭うからさっさと水浴びをするか、香水でもつけてこいとのことだった。

「地下用水路で臭い移っちゃったからなぁ……」

水浴びをしながらソルドは溜息をつく。

鎧も洗いたいところだったが、こびりついた臭いをしっかり落とすほどの時間はない。

結局、ソルドは鎧に香水をつけて臭いを誤魔化《ごまか》すことにした。

それから急いで朝食をとり、近衛騎士団の朝礼に参加する。

朝礼ではアルデバラン侯爵の事件についての話題が出た。

「皆も知っての通りアルデバラン侯爵がレグルス大公に殺害された。城内は混乱しているが、慌てず己の職務を全うしてほしい」

近衛団長が重々しく語ると、団員達は真剣な面持《おもも》ちで耳を傾けていた。

そんな中、ソルドだけは居心地が悪そうにしている。

おっちゃんが殺しなんてするわけない。

湧き上がる怒りを抑えるのに必死だったからである。

それからいつものように自分の持ち場に戻ると、クレアがソルドのもとを訪れた。

「おはようございます。こちらにいらしたのですね、ソルド様」

「俺を捜してたんですか？」

「騎士の駐屯所に侍女は入れませんからね」

苦笑いを浮かべ、一瞬だけクレアは顔をしかめた。

「もしかして昨日の臭いを誤魔化すために香水をつけているのですか？」

「いやぁ、臭いが全然とれなくて」

「だとしたらつけすぎです。地下用水路の臭いと混ざって酷い臭いになっていますよ」

「そんなにつけたつもりはなかったんですが……」

ソルドは普段からレグルス大公の執務室に出入りすることもあり、香水をつけたことがなかった。

臭いを誤魔化そうという意識があったせいか、無意識のうちに多めに香水をつけてしまっていたのだ。

「あっ……そういうことか」

そこでソルドは己の中で何かがカチリとハマった感覚になった。

ソルドは自分が簡単な見落としをしていたことに気がついたのだ。ナルミの言った通り、どうやら自分は本当に焦っていたようだ。

「迷い道もいずれは正道となる、か」

「どうしましたか？」

「いえ、何でもありません」

不思議そうな顔で尋ねるクレアに、ソルドは首を横に振った。

「クレアさん、ある人に手紙を渡してほしいのですが」

「構いませんよ」

ソルドの頼みを、クレアは何一つ疑うことなく快諾してくれた。

◆◇◆◇◆◇◆◇◆

夕暮れの地下用水路。

時間帯にかかわらず常に薄暗いその場所には一人の人物が辺りを警戒しながら歩いていた。

その人物のもとには、ある手紙が届いていた――血のついた地下用水路の瓦礫と共に。『夕暮れ、地下用水路の外へと繋がる道にて待つ』

差出人は不明であり、罠の可能性もある。しかし、彼はその誘いに乗るしかなかった。

瓦礫と手紙の文言。それは事件の当事者にしか伝わらない、真実を知っているというメッセージだった。

「やっぱりあなたでしたか」

地下用水路を進んでいくと、そこには松明を持った騎士が佇《たたず》んでいた。

「近衛騎士ソルド・ガラツです。お久しぶりです、エリダヌス補佐官」

松明に照らされた人物の正体。

それは、アルデバラン侯爵の補佐官であるティエタ・エリダヌスだった。

「君がこの手紙を?」

「ええ、事件の真相がわかったので。安心してください。瓦礫に付いた血は俺のですから」

「っ！」

事件の真相、という言葉にエリダヌス補佐官の肩がビクリと跳ねる。

ソルドはクレアに頼み込み、まるでアルデバラン侯爵の後頭部に傷を付けた瓦礫を見つけたと思わせるような仕込みをしていたのだ。

「アルデバラン侯爵の後頭部には鈍器で殴られた跡があった。この傷が原因で今回の一件は殺人事件だと思われてしまった。でも、実際は違う」

ソルドは淡々と言葉を紡ぐ。

「侯爵はあんたを追いかけて地下用水路に来た。そのときに足を滑らせて転び、頭をぶつけて用水路へと落ちた。違うか？」

普段のアルデバラン侯爵ならば、そんなヘマはしないだろう。

しかし、地下用水路は薄暗くて足元が見えにくいうえに、アルデバラン侯爵は泳げない。

水場への恐怖で身体が自然と強張っていたことも原因の一つだろう。

「ええ！　ええ、そうなんです！　これは事故だ。僕が殺したわけじゃない！」

ソルドの言葉を聞いて、エリダヌスは堰《せき》を切ったように捲《まく》し立てる。

「じゃあ、何故すぐにそれを言わなかったんだ」

「それは……」

「地下用水路から外へ出ること自体は違法じゃない。何せ常習犯がいるくらいだからな」

ソルドは脱走常習犯であるナルミのことを思い浮かべながらも続ける。

「本当にただの事故なら、あんたは侯爵が地下用水路に落ちたとでも近衛騎士の誰かに言えばよかったんだ。たとえ侯爵が助からなくても、ただの事故なんだからあんたが罪に問われることはない」

だが、それができなかった理由がある。

だからこそ彼はこうして今もなお、真実を包み隠しているのだ。

「おっちゃんは今も無実の罪で地下牢に投獄されてる。あんた獣人の立場を向上させたいって言ったろ。あの言葉は嘘だったのか」

「嘘じゃない！」

ソルドの問いに、エリダヌスは大声で否定する。

「ぼ、僕は本当に獣人のために行動していたんだ！」

「そうかよ」

必死に自分の行いを訴えるエリダヌスに、ソルドはどこまでも冷たい視線を向けていた。

「この事件を殺人事件として考えていたときだ。真犯人は何か弱みでも握って侯爵を呼び出したものかと思ってた。俺があんたにやったようにな」

「な、何を言っているんだい？」

「でも、実際は違った。侯爵は呼び出されたんじゃない。追いかけていたんだ。違法な獣人娼館を経営しているあんたをな！」

「何故、それを……」

ソルドは語気を強めて言い放つ。　彼の言葉の意味がわからないほど、エリダヌスは愚かではなかった。

「おかしいとは思ったんだ。宰相のクソジジイから違法な獣人娼館について調べるように依頼された途端に侯爵が亡くなった。あまりにもタイミングが良すぎる」

レグルス大公は宰相から依頼を受けて違法な獣人娼館について調べていた。

そして、日頃から獣人関連の案件について相談しているアルデバラン侯爵にこのことを話していないわけがない。

「あんたは定期的に城を抜け出してこっそり帝都へ行っていた。だから、染みついた汚水の臭いを誤魔化すために香水をつけてたんだろ」

エリダヌス補佐官は獣人であるレグルス大公と面会するときでさえ香水をつけていた。

臭いに敏感な獣人のレグルス大公ならば、普段から染みついた汚水の臭いなどすぐに気がついてしまう。

だから、たとえ失礼な官僚だと思われても香水をつけざるを得なかったのである。

「正義感の強い侯爵が身内の不正を放っておくわけがない。泳げない侯爵が無理をしてでもあんたを追いかけたのも頷けるよ」

追いたくなくても追わざるを得ない。

ナルミを追って行きたくない地下用水路に赴いたクレアのように、アルデバラン侯爵もエリダヌス補佐官の行いを正すために地下用水路までやってきたのだ。

「このままレグルス大公が処刑されたら、あんた亡くなった侯爵に顔向けできるのかよ」

「僕は間違っちゃいない！　アルデバラン侯爵のやり方は甘いんだよ！」

諌めるようなソルドの言葉に対し、エリダヌス補佐官は堰を切ったように語り出す。

「獣人娼館は需要がある。人間誰しも普段とは違う刺激を求めている。そして、それは高位の官僚でも同じだ」

「あんた、まさか」

「そうさ！　獣人の魅力にハマれば彼らも表立って獣人を差別できなくなるだろ!?」

「官僚みんなケモナーにする気だったのかよ……」

想像以上にぶっ飛んだ動機にソルドは唖然とする。

「獣人側にもメリットはある。獣人はろくな職に就けなくて貧しい思いをする者も多い。そんな彼らに職を与えてあげられるんだ」

「だが、違法だ」

「違法？　それがどうした。高位の官僚がお忍びで利用する店だ。実質、合法みたいなものだろ！」

それはあまりにも暴論が過ぎた。

それと同時にエリダヌス補佐官の考え方に寒気すら覚えた。

「官僚は誰でも汚いことに手を染めてる。だが、僕は私利私欲のためじゃなく、獣人を救うという大義のために行ったことだ！」

彼は本気で獣人のためを思って行動していた。それが自身の掲げる正義なのだと疑うことすらしていない。その在り方がソルドには至極気持ち悪かった。

「それが根本的に間違ってることだと思わないのか」

「戦うことしか能がない騎士ごときにはわからないだろうね」

ソルドを見下したように吐き捨てると、エリダヌス補佐官は懐《ふところ》に手を入れる。そこから取り出したのは、銀色に輝く短剣だった。

「清濁併せ呑むことができなきゃ官僚なんてやっていられないのさ！」

短剣を構えたエリダヌス補佐官は薄暗い地下用水路の中で飛びかかってくる。本来、近衛騎士にこのようなことをしたところで無駄な抵抗だ。

彼がソルドに飛びかかったのは、地下用水路に何度も足を運んでいる自分に地の利があると考えてのことだった。

もちろん、それは行動としては下《げ》の下《げ》である。

「あがぁ……！」

ソルドはその場から一歩も動かず短剣が届く前にエリダヌス補佐官の手首を掴み、容赦なく捻り上げた。

「清濁併せ呑むってのは官僚が好き勝手やるための免罪符じゃねぇ！」

ソルドはエリダヌス補佐官に対して本気で怒っていた。

レグルス大公やアルデバラン侯爵が苦労して積み上げたもの。それをこの男は自分の歪んだ正義感で台無しにしたのだ。

「官僚をケモナーにしたところで獣人の〝性的な価値〟が上がるだけだ。獣人の奴隷的価値を上げるだけで社会的地位は何一つ向上しない。むしろ、彼らはより一層人間の道具として扱われていくだろうよ」

レグルス大公は人間から蔑まれても同胞のために耐え忍んだ。

アルデバラン侯爵は周囲の価値観など気にせず、困っている者に手を差し伸べた。

そんなレグルス大公が冤罪《えんざい》で投獄されても何もしなかった。自分の間違いを正しにきたアルデバラン侯爵を見殺しにした。

そんな者に正義などあるわけがない。

「あんたは獣人の立場向上なんて望んじゃいない。弱い立場の獣人を上から目線で〝救ってやる〟ことに酔ってるだけの勘違い正義マンだよ。大人しく罰を受けるんだな」

「あ、ああ、あぁぁぁぁ……！」

その後、ソルドに拘束されたエリダヌス補佐官は連行されていった。

◆◇◆◇◆◇◆◇◆

ソルドがエリダヌス補佐官を捕縛してから数日後。

アルデバラン侯爵の葬儀が行われた。葬儀には多くの貴族が参列しており、その中にはソルドの姿もあった。

「アルデバラン侯爵、あんたとも素《す》の自分で話がしてみたかったよ……」

花を供えながら、アルデバラン侯爵と出会ってから今日までのことを思い出す。

二人はどこまでも官僚と騎士という関係性でしかなかったが、アルデバラン侯爵は自分のことを度々気にかけてくれていた。

レグルス大公やクレアのようにはいかない。そう思い、ソルドはあくまでも騎士としての態度を崩さなかった。

そのことを心のどこかで悔いていたのだ。

死者へ生者の言葉が届くことはない。それでも、ソルドはどうしても彼に言いたいことがあった。

「……おっちゃんを今まで助けてくれてありがとな」

風が吹き、花びらが舞う。

その言葉が果たして届いたのか、それを知る者は誰もいなかった。

「というわけで、おっちゃん！　お勤めご苦労様でした！」

「刑期を終えて出てきた囚人の扱いをするな！　余は無実だ！」

「すごく安心しますね、このやり取り」

ソルドがおちゃらけてレグルス大公が怒る。そんな二人を見てクレアが笑顔をこぼす。

　そして、ソルドが持ってきた新作スイーツを食べて、紅茶を飲みながら一息つく。

　アルデバラン侯爵殺害容疑も無事に晴れ、釈放されたレグルス大公の執務室にいつもの日常が戻ってきた。

　しかし、何もかも元通りとはいかなかった。

「エリダヌス補佐官は死罪か。残念だ」

　まず、エリダヌスは死罪となった。

　これは違法な獣人娼館を経営していたことよりも、亡くなったアルデバラン侯爵の遺体を放置した罪によるものが大きい。

「おっちゃんは甘いんだよ。あの野郎、だいぶクソだったぞ」

「だが、獣人を救いたいという気持ちに嘘はなかった。彼の歪みを正せればあるいは……」

「〝たられば〟の話をしてもしゃーないだろ。あいつは更生の機会を与えようとしたアルデバラン侯爵を死なせたうえに保身に走ったクズだ。それ以上でもそれ以下でもないって」

　ソルドはエリダヌスに怒りを覚えていた。

　彼は結局、獣人を救うためと言いながら獣人を苦しめた。

　そして、何よりも自分の恩人であるレグルス大公を死に追いやるところだったのだ。許せるはずもない。

「因果応報《いんがおうほう》ってやつだよ。結局、自分が侯爵を見捨てたように、あいつ自身もご機嫌をとっていた官僚から切り捨てられた」

「死罪になったのも口封じの側面はあるのでしょうね」

ソルドとクレアの言う通り、エリダヌスの死罪を望んだのは彼の獣人娼館を利用していた官僚達だった。

もちろん、彼らが獣人娼館を利用していた証拠などない。エリダヌスが死罪となってしまっては、真実は闇の中である。

「それより、獣人支持派の官僚が総崩れしたほうがまずいだろ」

アルデバラン侯爵が亡くなったことにより、獣人支持派の官僚はその力を大きく削がれることとなった。

レグルス大公も他の官僚達とは繋がりこそあるものの、皆アルデバラン侯爵のように正義の心を持っているわけではない。

彼らは打算や利害関係で繋がっているに過ぎず、その関係が崩れれば簡単に離れていってしまう。

「……頭の痛い話だ」

そのうえ、レグルス大公はアルデバラン侯爵の業務を引き継ぐことになった。

アルデバラン侯爵の息子はまだ未熟であり、侯爵の任を背負うには若すぎると判断されたためだ。

「ま、困ったことがあれば力は貸すよ」

「そいつは心強いな」

あっけらかんとして告げるソルドの言葉に、レグルス大公は珍しく柔らかい笑みを浮かべた。

「感謝するぞ、ソルド」

その言葉には今までとこれから、そして今回の事件で助けてもらったことに対する深い感謝が含まれていた。

「おう。もっと褒めてもいいんだよ」

「ああ。言葉では表せないほどに感謝しているさ。本当にお前がいてくれてよかった」

「……本気にすんなよ」

レグルス大公が本音で語る。ソルドはそんな彼に対して、照れ隠しのためにわざとらしく鼻をこすりながら明後日《あさって》のほうを向いていた。

そんな微笑ましいやり取りの中、控えめに執務室の扉が叩かれた。

「来訪の予定はなかったはずだが。まあいい。どうぞ、お入りください」

「失礼します」

レグルス大公の許可を得て入室してきたのは、息を呑むような美少女だった。

金糸で繊細な刺繍がされた深紅のドレスに身を包み、日の光を受けて輝く琥珀《こはく》色の髪、整った顔立ち。

初めて見る御仁《ごじん》だったが、その容姿の特徴はソルドもよく知るものだった。

その存在を認知した瞬間、ソルドは即座に片膝をつき、レグルス大公は慌てて椅子から立ち上がる。

「これは皇女殿下！　一体、このようなところに何用で？」

「そう畏《かしこ》まらないでください。楽にしていただいて構いませんよ」

ソルドは跪《ひざまず》きながらも、冷や汗を流す。初対面のはずなのに、その声には聞き覚えがあったからだ。

「此度《こたび》のこと、改めて謝罪をしようと思いまして」

「そんな！　皇女殿下が謝罪するようなことなどございません！」

「いえ、謝らせてください。此度の事件、レグルス大公には大変なご迷惑をおかけしてしまいました」

凛《りん》とした声で告げると、皇女殿下――ルミナはレグルス大公へと頭を下げる。

「父である皇帝陛下に代わり、謝罪いたします」

「頭をお上げください！」

皇族が獣人に頭を下げる。それは外に漏れれば大事《おおごと》になりかねない出来事だった。

レグルス大公としてもルミナに頭を下げられることは、単純に心臓に悪い出来事なのだ。

「私はこの通り五体満足でこの場におります。此度のことは皇女殿下に責任は一切ございません。もしお優しい皇女殿下が責任を感じてしまうようでしたら、帝国の未来のために皇女としての責務を果たすようお努めくださいませ」

レグルス大公はルミナに当たり障《さわ》りのないように言葉をかける。

「ありがとうございます。そう言っていただけると気持ちが楽になります」

しかし、その言葉を待っていたとばかりにルミナはニヤリと口元を歪めた。

「では、早速《さっそく》ですが皇女としての責務を果たすことにしましょう」

その様子を見ていたクレアは聞こえない程度の音量で溜息をついた。彼女にはルミナが何をしようとしているか理解できてしまったのだ。

「早速ですが、レグルス大公。あなたが対応しているアルデバラン侯爵の業務。その全てをわたくしが引き継ぐことになりました」

「は？」

「ご安心ください。既にお父様と宰相であるヴァルゴ大公の許可は取っております」

予想外の言葉に固まるレグルス大公へルミナは先手を打つように告げる。

「お、お待ちください！　ルミナ皇女殿下は今まで公務に携わったことはないはずではありませんか！」

「ええ。ですので、わからないことは適宜ご指導をお願いいたします」

これは決定事項だと言わんばかりの態度にレグルス大公は何も言えなくなってしまった。

ありがたい話ではある。ただでさえ宰相ヴァルゴ大公の嫌がらせにも等しい無茶ぶりに加えて自分の公務で忙しい中、アルデバラン侯爵の公務も引き継いでいたのだ。負担が減るのならばそれに越したことはない。

だが、ルミナは今まで帝国城の中で英才教育を受けてきたものの、一度も城の外を見たことがない箱入り娘だ。

そんな彼女がいきなり公務を引き継ぐなんて問題しか起きない。なんなら自分にその火の粉《こ》が降りかかってくることまで予想できてしまう。

レグルス大公はこれも宰相による嫌がらせの一環であることを察して、胃を摩った。

言いたいことを言えて満足したルミナは次の標的へと声をかける。

「そうそう。ちょうどいいところにいますね。騎士様？」

聞き馴染みのある呼び方に、跪いていたソルドはビクリと肩を震わせる。

地下用水路で脱走を図った侍女ナルミ。その顔は暗くてよく見えなかったが、声だけはよく覚えている。

「また会えて嬉しいです。ゾディアス帝国第一皇女ルミナ・エクリプス・ゾディアスと申します」

まさかとは思っていたが、ナルミの正体はルミナだったのだ。

出会い頭《がしら》に首筋へ剣を突き立てたことを思い出し、ソルドは身震いした。

「はっ。自分は帝国近衛騎士団所属ソルド・ガラッと申します。かの聡明で美しい皇女殿下にお声がけいただけることを光栄に存じます」

心にもないおべっかを並べながらソルドは内心冷や汗をかいていた。

「評判は聞き及んでおります。なんでも強靭な肉体を持つ獣人兵すらも凌駕する強さを持ち、城内でも騎士の模範たる存在だそうですね」

「もったいないお言葉でございます」

畏まった姿勢のままソルドは感情のない声で答える。

「明日にでも近衛騎士団から辞令が下るとは思いますが、ちょうどこの場にいることですし、わたくしから伝えましょうか」

「辞令、ですか」

まさか近衛騎士をクビになるのだろうか。それとも一般騎士に戻されて戦の最前線に立たされるのだろうか。

そんなことを考えていたソルドに予想外の言葉がかけられる。

「近衛騎士ソルド・ガラツ。あなたをわたくし付きの騎士に任命します」

「(:∇)パァ」

第2章　遺跡の宝珠

獣人は虐《しいた》げられてきた。
そんな風に感じたことは一度もない。
生まれた種族で相手を差別するのは獣人も変わらない。
結局、差別してくる相手が増えただけ。
それだけだ。

一族の恥晒《さら》しと呼ばれ続けてきた。
鳥の獣人で飛べない以上、仕方のないことだ。
それでも帝国軍人になりたい。
誰かのために戦うことが自分の喜びだからだ。

［次のページへ↓］

［次のページへ↓］

何とか獣人兵団に所属することができた。
人間の兵士との合同訓練では嫌がらせもあるが、庇ってくれる人間の兵士がいた。
人間に優しくされたのは初めてだ。
この人になら背中を預けられる。心からそう思った。

[次のページへ↓]

先輩は人間とは思えない身体能力をしていた。
いや、身体能力でいえば純粋な獣人のほうが上だ。
あの人は戦闘技術がすごいのだ。
剣を持てば導かれるように最適な動きを理解し、敵を切り伏せる。
獣人はよく戦うために生まれたなどと言われるが、それは間違いだ。
あの人こそ、真に戦うために生まれた存在だ。

[次のページへ↓]

先輩が皇女付きの騎士にまで出世した。
獣人兵の自分はこれ以上出世できないことはわかっていたから、先輩が出世したことは純粋に嬉しい。
もしも会ったときのために皇女殿下の特徴は覚えておかなくては。
赤いドレスと琥珀色の髪が特徴的。これだけ覚えていれば間違えることはないだろう。

［次のページへ↓］

久しぶりに先輩と出会った。当然、皇女殿下も一緒だ。
聞いていた特徴と髪の色が違ったから最初はわからなくて焦った。
皇女殿下も気さくな優しい人で、獣人の自分にも優しく接してくれた。
もっと皇女殿下と話がしてみたい。もしかしたら仲良くなれるかもしれない。

［次のページへ↓］

なんか部隊を異動になった。
どうやら新しい遺跡が見つかったから調査団の護衛をしろとのことだ。
正直、気乗りはしない。自分は前線で戦ってるほうが性《しょう》に合っている。

［次のページへ↓］

なんとビックリ大発見。
遺跡から不自然な風の流れを感じた。
気になって適当に遺跡の構造物をいじったら地下への隠し通路を発見した。
獣の唸り声とやらもきっと風のせいだろう。
せっかくだし、報告前にちょっと中を見ていこう。

［次のページへ↓］

遺跡の最奥部で巨大な鼠《ねずみ》のバケモノに襲われた。
初めて戦うバケモノに焦りはしたが、なんとか倒すことができた。
巨大な鼠は金色に輝く謎の玉を落とした。
忘れずに持ち帰って調査団に報告だ。

［最初のページへ］

※ルミナの聖剣 真実の遺跡――
エリーン遺跡ボス・コカトリスのドロップアイテム〝ある兵士の手記〟より抜粋

正式に辞令が下ったこともあり、ソルドは本日より皇女殿下付きの騎士となった。

「近衛騎士ソルド・ガラッ。拝命により参上いたしました」

「入りなさい」

挨拶をしながらルミナの私室の扉を控えめに叩くと、すぐに返事があった。自分を迎える準備は万端だと判断したソルドは静かに扉を開ける。

「失礼いたします」

入室すると、そこには笑顔を浮かべたルミナが立っていた。

「よく来てくれました。近衛騎士ソルド・ガラッ」

「はっ」

ソルドは跪くと、予《あらかじ》め考えていた口上を述べる。

「改めまして、近衛騎士団所属ソルド・ガラッと申します。大変光栄にも、この度ルミナ皇女殿下の護衛を務めさせていただくことになりました。我が命にかけてもあなた様の剣として、常に御身《おんみ》を守り抜くことを誓います」

ふざけんなこの野郎、誰が誓うか！

そんな内心を押し殺してソルドは頭《こうべ》を垂れる。

「あなたの働きに期待しています」

「ハッ……！」

どうせわからないだろうと、こっそり小バカにしたような態度でソルドは返事をした。不敬極まりない男である。

「いきなりのことで戸惑っているかと思いますが、わたくしはこの国を変えていきたいと思っております」

「ふっ……」

もはやソルドはルミナの話など聞いておらず、どこまでバレずにふざけられるかという遊びに夢中になっていた。

ソルドの見立てでは、ルミナは優しいのではなく世間を知らない甘ちゃんである。多少ふざけたところで理不尽に罰したりはしないと踏んでいたのだ。

要するに、ソルドはルミナのことを舐め腐っていた。

「先日のアルデバラン侯爵の事件ではあなたが高い教養を持ち、獣人への偏見を持たない人間だということもよくわかりました」

「へっ！」

「強さに関してもわたくしの護衛を務めるのには十分すぎるほどです」

「ほっ！」

「そして何より、不正を許さない正義の心。それはわたくしが望む帝国の未来には必要不可欠なものなのです」

「ハハッ！」

「そのためにもあなたの力が必要――待ってください、なんですか今のは」

「やっべ。バレた」

不自然なほどに甲高い声で返事をされたため、さすがのルミナもツッコミを入れざるを得なかった。

「ソルド。いくらなんでも前世において人気だったキャラクターのモノマネはふざけすぎである。

「ソルド。もしかしてあなたはわたくしの騎士になることに不満を持っているのですか？」

「滅相もございません！　この身は皇女殿下の剣にございます。剣が主に振るわれて不満を持つことなどございましょうか！」

どこまでも薄っぺらく芝居がかった口調でソルドは答える。

「……ここでの発言は一切不問とします。本音を言いなさい」

ルミナは小さく嘆息すると、ソルドの発言を咎めないと明言した。

「シンプルふざけんなって感じだわ。近衛騎士で楽しくやってたのに、いきなり世間知らずの箱入り娘の御守《おも》りとか不満しかないっての」

「えっ」

歯に衣着せぬどころか、そのまま噛みついてきたソルドの言葉に、思わずルミナは固まった。

「あと、いきなりアルデバラン侯爵の公務引き継ぐとかバカじゃねぇの？」

先ほどまでの礼儀正しさはどこへやら。ソルドは尊大な態度でルミナを見下すと、不敬極まりない暴言をぶつけていく。

「政治の〝せ〟の字も知らない小娘に何ができるって話だよ。実地できちんと学んだのならともかく、あんた、ろくに外にも出たことないんだろ？　あんたが引き継いだところで、おっちゃんの仕事増やすだけだっての」

ルミナはというと、ソルドのあまりの豹変ぶりに思考停止に陥っていた。

「まだ皇族としてしっかりしてる方なら俺だって頑張って仕えようって思えたけど、あんたはないわ。どうせ部屋に引き籠《こも》ってお勉強だけしてたんだろ？　こんなのが主とかマジでない。というわけで、早く俺を近衛騎士団に戻してくれ」

ソルドは言いたいことを言ってスッキリした表情を浮かべていた。

「言いたいことはわかりました」

思考停止から立ち直ったルミナは笑顔を浮かべると、ソルドに対して告げる。

「打ち首ィ！」

「不問にするって言ったじゃん！　皇女殿下の嘘つき！」

「さすがに不敬すぎます！　もう後半は、ただの悪口じゃないですか！」

「一切不問にするって言質《げんち》はとったから本音を言っただけだっての！」

それからしばらく皇女と近衛騎士とは思えないほど幼稚な口論を続けていたが、これ以上は不毛なやり取りだと気づき、互いに黙り込んだ。

「それで、俺のことはクビにしてくれんのか？」

「えっ。打ち首？」

「いや、護衛任務のほう」

冷静に訂正すると、ソルドは面倒くさそうに頭を掻く。

「さっきも言ったけど、俺はあんたの騎士になんてなりたかない。さっさと元の所属に戻してくれ」

また自由時間におっちゃんのとこ行きたいし。

心の中で独り言ちると、ルミナを見つめて返事を待つ。

「ぜぇったい嫌です♪」

ルミナはとびきりの笑顔を浮かべてソルドの頼みを一蹴した。

「あー、なんか首のところが痛くなってきましたねー。まるで突き付けられた剣で皮が切れてしまったみたいですー」

「ぐっ……地下用水路のことまで根に持ってんのかよ」

首に手を当ててわざとらしく痛がるルミナを見て、ソルドは苦虫を噛み潰したような表情を浮かべた。

「はて。なんのことでしょうか。それよりも騎士様がわたくしの護衛をしてくださらないと、首の傷口が開いてしまいそうですー」

「ははーん。さてはこの皇女、俺を脅す気だな」

あの場においてはルミナが不審者だったため、騎士であるソルドが剣を向けたのは正しい判断ではあっただろう。

しかし、ソルドがルミナに剣を向けたという事実は変わらない。

綺麗事を宣《のたま》うだけの甘ちゃんかと思いきや、意外と汚い手も使ってくる。

ソルドは厄介な人物に絡まれたと深い溜息をついた。

「てか、なんで俺なんだよ。他にも優秀で忠誠心の高い騎士はいただろ」

「さっき理由は話したじゃないですか」

「ごめん、何も聞いてなかった」

「打ち首ィ！」

こうして世間知らずの皇女と忠誠心の欠片《かけら》もない騎士の主従が誕生したのであった。

◆◇◆◇◆◇◆◇◆

ソルドが皇女付きの騎士となり、自由時間にレグルス大公の執務室に突撃してくることはなくなった。

皇女付きの騎士は名誉な役目であるのと同時に、自由時間などは存在しない。

皇女を守るため四六時中彼女の傍をついて回らなければならないためだ。

ソルドが自由に出入りできなくなり、静かになったはずのレグルス大公の執務室では——

「だーかーらー、経験がないのならば積めばいい話ではありませんか！」

「あんたみたいなのを獣人に接触させられるか！　余計話が拗《こじ》れるわ！」

やかましく口論する主従の姿があった。

「あー……二人共、そろそろ本題に入ってもよいだろうか？」

互いに一歩も譲らず延々と口論を繰り広げているソルドとルミナの間に割って入ったのは、この部屋の主人であるレグルス大公だった。

「はい。もちろんです」

「けっ」

対照的な反応を見せる二人の様子に、レグルス大公は大きな溜息をつく。

ソルドの素の性格を考えれば、ルミナとは反りが合わないとは思っていた。

しかし、表向きは従順な騎士を演じてくれると思った矢先にこの始末である。

レグルス大公は目の前で繰り広げられた光景に頭が痛くなる思いだった。

「ソルド、お前の態度はどうにかならんのか」

「はっ、皇女殿下より偽りの忠誠を向けられるより、素のままで対応するよう仰《おお》せつかっております故、こうしてありのまま思ったことを述べることも騎士としての務めと存じ上げております」

「都合良く騎士らしく振る舞いおって……まあいい」

頭ごなしに叱りつけてもソルドは反省しないどころか、さらに反発して言い返してくるだろうと諦め、話を戻すことにした。

「まず、アルデバラン殿の公務の引き継ぎについて話しましょう」

「よろしくお願いします」

先ほどまでの騒々しさはどこへやら。ルミナは姿勢を正すと、真剣な面持ちでレグルス大公の話を聞く体勢をとる。

その変わり身の早さに感心つつも、レグルス大公はルミナに説明を始めた。

「アルデバラン殿は邦主として帝都を管轄しておられた。ルミナ皇女殿下には、その邦主としての仕事を引き継いでいただきたい」

「なるほど。つまり実際に帝都を見て回り、民の暮らしを知ることから始めればよいのですね！」

帝国城の外へ憧れのあるルミナはレグルス大公の言葉に目を輝かせる。

「いいえ。まずはこちらの書類に目を通していただきたい」

そんな脱走癖のある皇女の前に膨大な量の書類が置かれた。

「…………………え？」

まさかこの量の仕事をやれと？

油が切れた扉のようにルミナがぎこちない動きでレグルス大公を見上げた。

そこには肉食獣らしい獰猛スマイルを浮かべた巨漢が立っていた。

「いやはや、官僚の中でも多忙と名高いアルデバラン殿の仕事を引き継ぎたいとは、皇女殿下も立派になられたものだ」

「えっ、いや、そんな……」

「おーおー、侯爵もえげつない量の仕事こなしてたんだな。〝表計算ソフト〟があれば瞬殺なんだが、これじゃ、しばらくは外に出られなさそうだ」

ルミナとレグルス大公のやり取りを見たソルドは同情するように呟く。

ソルドの言う通り、アルデバラン侯爵が請け負っていた仕事量は尋常ではなかった。性根《しょうね》こそ腐っていたが、その補佐をしていたエリダヌスとて優秀だった。

優秀な官僚と優秀な補佐官で回していた仕事を世間知らずの皇女が担当する。はっきり言って無茶ぶりにもほどがあった。

「謀《はか》りましたね!?」

「謀られたんだよ、皇帝陛下と宰相にな」

「ルミナ様の脱走癖をこういった形で防いでくるとは予想外でしたね」

「失態があって当然。何かあれば余の責任問題となる。ヴァルゴ大公からすれば、余の失脚も狙えて一石二鳥というわけか」

ルミナの訴えにソルドは肩をすくめ、クレアは溜息混じりに答え、レグルス大公は苦笑しながら同意する。

三者三様の反応を示す中、当のルミナ本人は怪訝な表情で首を傾げていた。

「どういうことですか？」

「気づけよ。ヴァルゴ大公はおっちゃんの失脚を狙っている。血筋だけは尊い世間知らずの小娘に仕事任せて、責任はおっちゃんが受け持つ。こんなおいしい条件見逃すわけないだろ」

「いいように利用されましたね、ルミナ様」

「もちろん、わからないことがあれば適宜聞いていただいて構いませんぞ。そのために皇女殿下用の執務机も用意しましたしな」

レグルス大公はそう言うと、無駄に重厚な造りの執務机に視線を移した。

「ソルド、お前も手伝ってやれ」

「却下《きゃっか》。俺は騎士だぞ」

「読み書きと算術ができるのだからそのくらいいいだろう。主の危機だぞ、騎士様？」

「この身は皇女殿下の剣にございます。剣が物事を考えられますでしょうか」

「お前、本っ当に口だけは達者だな！」

「ふふっ。いつもの光景ですね」

いつものように騒ぎだしたソルドとレグルス大公のやり取りを見て、クレアは思わず笑みをこぼす。

ルミナはというと、大量の書類を前に呆然と立ち尽くしていた。

「さて。話はここまでだ。業務に戻らなければな」

レグルス大公の一言により、この場にいる全員が己の職務に戻っていく。ルミナも例外ではない。ルミナは泣きそうな顔をしながら自分用の執務机に腰掛けると、目の前に広がる書類の山を見てうなだれていた。

それからしばし執務室にペンを走らせる音と紙を捲《めく》る音だけが鳴り響く。

「なあ、おっちゃん。俺、あの女の騎士やりたくないんだけど」

「そう言うな。名誉ある任務ではないか」

ルミナが死んだ魚のような目をしながら書類と向き合っているとき、手持ち無沙汰《ぶさた》なソルドは痺れを切らして書類を捌《さば》いているレグルス大公に絡み始めた。

「名誉なんていらないっての」

「他の騎士達が聞いたら憤慨するだろうな……」

帝国騎士の中でもエリートに位置する近衛騎士ですら、その任に就くことができるのは一握りである。それを実力があるとはいえ成り上がりのソルドが担うことになった。

そのうえ、本人はその役目を大層嫌がっているとなれば心証は良くないだろう。

「仕方ないだろ。実際は上層部の政治的なゴタゴタに巻き込まれた形なんだし」

「それについてはすまないと思っている」

「俺には大層な肩書なんて重いだけだってのによー……」

傍《はた》から見れば成り上がりの騎士が皇女付きの騎士に任命されたとあれば大抜擢である。

平民出身の騎士にとっては帝国が実力主義を掲げているようにも見えるという希望に、貴族階級出身の騎士からすればうかうかしていては生まれに関係なくその座を奪われてしまうのではないかという引き締めにもなる。

もちろん、ソルドへの妬《ねた》み嫉《そね》みも生まれるだろう。

うまく仕事をこなして自由に振る舞っていたソルドとしては、この状況は大変面白くない。

枷《かせ》が増えることは彼の嫌いなことの一つだった。

「なんかバカみたいだよな。国民同士で足引っ張り合ってもしょうがないだろうに」

「皆が皆お前ほど真っ直ぐな者達ならばいいのだがな」

いや、こんなんばっかじゃ国が成り立たんわ。

ちゃらんぽらんな官僚達が会議でアホ面を並べている様子を思い浮かべ、レグルス大公は頭を振った。

それから、気持ちを切り替えるようにソルドへと話を振る。

「お前からしてみれば災難かもしれぬが、悪いことばかりではないと思うぞ」

「ホントかよ」

ソルドは怪しげに目を細めてレグルスを見つめる。

何か裏があって、自分に面倒ごとを押し付けたのではないかと勘繰っていたのだ。

「まあ、聞け」

レグルス大公は少し間を置くと、ルミナに聞こえない声量でソルドへと告げる。

「ルミナ皇女殿下は〝主人公〟なのであろう？」

主人公。その言葉を聞いた瞬間、ソルドの目の色が変わる。

「彼女の傍にいれば、お前の言う〝原作〟に関わることもあるのではないか？」

「それはそうだけどさー……」

ソルド自身、自分が転生したことや原作での出来事はどうでもいいと思っている。

しかし、ソルドから話を聞いたレグルス大公は一種の未来予知に近いものだと受け止め、原作での出来事を重要視していた。

歴代の皇族の中にルミナという名前の者はいない。そこからレグルス大公は物語の始点がこの時間軸だと考えた。

日蝕の魔王も魔王軍もいないとなれば、それらは後々《のちのち》出現する存在。つまり、未来に現れる危機というわけだ。

「となれば、唯一の手がかりは皇女殿下しかあるまい」

「しょうがないかぁ……」

レグルス大公の言葉に渋々納得したソルドは深い溜息をついた。

普段はふざけた態度を取るソルドでもレグルス大公の本気の頼みは無下にできない。それは彼の数少ない弱点でもあった。

「主人公ねぇ」

胡散臭《うさんくさ》いものを見るような目でソルドは書類と向き合っているルミナを眺める。

ソルドにとっては初めて遭遇する原作の登場人物だ。厳密には同姓同名の人物というだけで本人ではないのだが、そもそもルミナの聖剣シリーズ未プレイのソルドにとっては些末なことだった。

「まさか皇女殿下だとは思わないじゃん」

何せタイトルに名前があるのだ。きっといずれ聖剣を持って魔王を倒す勇ましい女性に違いない。ルミナに対してソルドは漠然とそんな風に思っていた。

それが蓋を開ければ、ただの世間知らずの箱入り娘だった。元々期待してはいなかったが、拍子抜けもいいところである。

とはいえ、ルミナに同情する気持ちがないわけでもなかった。

前世においてソルドは日本で勉強漬けの毎日を送っていた。

親に友人を選ばれ、ゲームや漫画などの娯楽も禁止され、優秀な成績を収めても褒められることはない。

だからこそ、ゲームの世界には憧れがあった。

いつか自分も同年代の子供達と同じように、画面の中のファンタジーな世界を主人公として冒険してみたい。ずっとそんな思いを抱えていたのだ。

勉強漬けで外の世界に憧れるルミナの気持ちはソルドにとって理解できるものだった。

「クレアさん、侍女の服って余ってますか？」

「ええ、予備を取ってくることは可能ですが……」

「貸してもらえませんか？　ちょっくら変装して新作スイーツ作ってきます」

ソルドの言葉にクレアは無言で微笑んだ。

それから執務室を抜け出し、いつものように厨房に入り込んだソルドは新作スイーツを携えて執務室に戻ってきた。

「ただいまー！」

「戻ったか。しかし、お前も危ない橋を渡るな」

本来ソルドは皇女付きの騎士としてルミナの傍を離れてはならない。

任務初日にして早速の職務放棄だったが、ソルドの真意を理解しているレグルス大公は苦笑するだけだった。

執務室に戻ってきたソルドは鎧に着替えなおすと、死んだ魚のような目で書類と向き合っているルミナを見てニヤリと笑い、机の上に皿を置いた。

「皇女殿下、そろそろ休憩されてはいかがですか？」

「えっ、いつの間に戻って……いえ、これは？」

皿の上に載っていたのはガラスの器に盛られたアイスクリームだった。

白いバニラアイスにオレンジの果肉を砂糖で煮たソースがかけられたシンプルなアイスクリームである。

「これはアイスクリームだ」

「氷菓子の類でしょうか……」

「まあ、そんなところだな」

ゾディアス帝国において氷はそこまで貴重なものではない。

帝国北部にある北方諸島アルカディアでは一年中氷が大量に採れるため、定期的に帝国城地下に存在する氷室《ひむろ》へと運び込まれる。

「よく料理人達から氷を分けてもらえたな」

「口止め料は既に支払ってるからな」

ソルドは度々厨房に入っては新作スイーツを作っている。当然、料理人達とも顔馴染みであり、彼の作る新作スイーツを楽しみにしているため文句も出ない。

「もちろん、おっちゃんとクレアさんの分もあるぞ」

「待ってました！」

「ありがたく頂戴するとしようか」

二人はそれぞれソルドから渡されたスプーンを手に取る。

「ほれ、ルミナも遠慮せずに食べな。頭使って疲れたろ」

「え、ええ……」

普段あまり甘い物を食べないルミナだが、目の前に置かれたデザートに思わず唾を飲み込む。

「大丈夫だ。忠誠心なんてなくても、毒を混ぜるようなことはしない」

「誰もそんなこと疑ってません！」

真面目な表情で告げるソルドにルミナは声を上げる。

冗談が通じないと言わんばかりに肩をすくめるソルドにルミナは頬を膨らませた。

「では、いただきます」

ルミナはスプーンを手に取り、アイスクリームを口に含む。

その瞬間、その表情が驚愕に染まった。

冷たい感覚が舌の上で溶けたかと思うと、濃厚な甘みと爽やかな香りが鼻腔《びこう》を通り抜ける。

ルミナは今まで毒見をされたものしか食べたことがなかったため、すぐに溶けてしまう氷菓の類は口にしたことがなかった。

そんな彼女にとって滑らかな口触りのアイスクリームはまさに未知の甘味だった。

「おいしいです！　これ、すっごくおいしいです！」

「それはよかった」

目を輝かせながら夢中で食べる様子にソルドは満足げに笑う。

「では、この後もお仕事頑張ってくださいね」

「まだ半分以上残ってますね……」

執務机に積まれた書類を見たルミナは、アイスクリームで緩んだ頬を引き攣《つ》らせるのであった。

◆◇◆◇◆◇◆◇◆

新たにアルデバラン侯爵の代理として邦主の公務を引き継いだルミナの評判は悪くなかった。

「反帝国組織〝叛逆の牙〟の構成員捕縛、獣人街の詐欺師〝闇金ダスマック〟の情報……うぅ、頭がパンクしそうです」

「なんだかんだで、ちゃんと目を通してるんだな」

脱走癖のあるわんぱく皇女として見られがちではあるものの、実のところルミナの頭は悪くない。幼少期から皇族として英才教育を受けてきたのだ。頭の悪いボンクラが出来上がる道理はないだろう。

書類仕事に関しても、レグルス大公が最終チェックを行っているため、抜けや漏れは今のところ発生していない。

しかし、一見問題ないように見えるルミナの公務にも問題は発生しつつあった。

レグルス大公の失脚を狙う宰相ヴァルゴ大公の思惑は外れたと言っても過言ではないだろう。

「今まで以上に自由がありません……！」

「被害者面すんなよ。俺だって巻き込まれて自由時間なくなってんだぞ」

元々ルミナは勉強をサボって帝国城を抜け出そうと試みていたわけではない。

基本的に彼女はやるべきことは終わらせたうえで脱走を試みていたのだ。

「うぅ……ソルドを騎士として連れて帝都を見て回る予定でしたのに」

「この書類の量からして当分は外に出られなさそうだな」

そう言ってソルドは机の上に山積みになった紙の束を見つめる。

「皇帝陛下としてもルミナが一六歳の誕生日を迎えるまでは外に出す気はないだろ」

今年で一六歳になるルミナは成人した皇族の務めである立志式で国民へ向けたスピーチを行う。当然、警備は厳重にする必要があるだろう。

そのため、ルミナの護衛候補としてソルドも名が挙がってはいたのだが、レグルス大公の執務室に定期的に突撃していたこともあり、人間関係の点から保留になっていたのだ。

「外に出る口実さえあれば……」

「諦めろって。仮にあったとしても俺が潰す」

「ソルドの意地悪！」

ソルドの言葉にルミナは唇を尖らせた。

「そういえば、前にわたくしを獣人と接触させられないと言っていましたが、どうしてなのですか？」

ふと思い出したようにルミナは尋ねる。

「ルミナ、お前は獣人をどういう存在だと認識してる？」

「どうって、帝国に取り込まれた敗戦国民で理不尽に虐げられている救ってあげなければいけない存在です」

「はい。アウト」

即答するルミナにソルドは額に手を当てて溜息をつく。

そんな彼にルミナは、むっと頬を膨らませた。

「何がダメなんですか」

「いいか。街で暮らしている獣人の大半は人間にいい感情は持っていない。そんな彼らにとってルミナは悪の親玉の娘みたいなもんだ」

実際、帝国はこれまで多くの獣人達を奴隷のように扱ってきた歴史がある。帝国内の差別意識は根深いものなのだ。自分達が苦しめられている元凶の皇族であるルミナにいい感情なんて抱けるはずもない。

「仮に帝国を支配した敵国の王子が上から目線であなたを救ってあげましょうなんて言って接触してきたらどう思うよ」

「……どの口が言うんだと思います」

「そゆこと」

ソルドの言いたいことを理解したのか、ルミナは納得した様子を見せる。

「まあ、今はおっちゃんに協力して徐々に獣人の立場向上に努めるしかないだろ。わからないから知りたいっていう気持ち自体は立派だと思うけどな」

好印象を抱いてなかったからこそ最初はボロクソに言ってしまったソルドだが、真面目に書類仕事に向き合うルミナを見て評価を改めつつあった。

獣人を救いたいという気持ちは嘘ではない。ルミナの気持ちを理解したからこそ、エリダヌスのように歪んでほしくない。そう思うようになったのだ。

「うぅ……でも、外に出てみたいです」

「結局そこに行きつくのかよ」

うなだれるルミナにソルドは苦笑を浮かべることしかできなかった。

そんなときだった。

「これは……」

一つ書類を片付けたルミナの目に、ある報告書が落ちてきた。

「ソルド、これを見てください」

「ん？　古代遺跡の調査報告書か」

その書類には、帝都東方にあるエリーン森林で発見された古代遺跡について記されていた。

調査団が現地へ赴き、調査を行ったところ未発見の遺跡を発見したらしい。

そのままエリーン遺跡と名付けられた古代遺跡には動物を模した石像が内部に存在しており、その謎は解明されていないが、歴史的価値があることは間違いないと判断されている。

また最近、エリーン遺跡内部から猛獣の唸り声のようなものも聞こえるとの報告もあり、派遣要請には屈強な人間の騎士を派遣してほしいとの記載があったのだ。

「屈強な人間の騎士の派遣となると近衛騎士団よりも、野営に慣れてる一般騎士から選んで派遣したほうが——おい、あんたまさか」

「うふふっ」

顔を引き攣らせたソルドに対し、ルミナは悪戯っぽい笑みを浮かべる。

そして、仕事に夢中になっているレグルス大公とクレアに聞こえないように小声で告げてきた。

「未知の遺跡の探索。ソルドは興味ありませんか？」

「はぁ……まったく何を言い出すかと思えば」

ソルドは呆れたように肩を竦《すく》めて嘆息する。

「そんなもん……興味津々に決まってるでしょうが」

ニヤリとした笑みと共に放たれた言葉を聞き、ルミナは満足げに微笑む。

ソルドの冒険への憧れも大概であった。

そんな二人へクレアはどこか複雑そうな視線を向けていたのであった。

翌日、執務室に入ったレグルス大公の目にソルドの書き置きが飛び込んできた。

『ちょっくらルミナと遺跡調査行ってくる』


「パァ」

(≡ᐊ≡)


レグルス大公の受難は続く。

◆◇◆◇◆◇◆◇◆

翌日、帝都から少し離れた森林地帯に一台の馬車が停まっていた。

御者台に座っているのはソルドだ。彼は腕を組みながら前方で準備をしている主を見つめている。

彼の主であるルミナは現在、城内で着ている煌びやかなドレスではなく動きやすいパンツスタイルに身を包んでいた。髪もポニーテールにまとめ、冒険する気満々である。

ルミナは大きなリュックサックを背負いながら鼻歌混じりに準備を進めており、今にも飛び出しそうな勢いだ。

やがて、全ての用意を終えたルミナは満面の笑みでソルドの傍へと駆け寄った。

「ソルド、準備できました！」

そんな彼女の頭にソルドは無言で拳骨《げんこつ》を落とす。

ゴンッという鈍い音が響き渡り、ルミナは頭を押さえて涙目になった。

「打ち首ィ……」

非難の声を上げる彼女に、ソルドはこめかみをピクつかせながらも怒りを抑えつつ問いかける。

「ルミナ、俺達は調査に来たんだ。ピクニックに行くんじゃないんだぞ」

ルミナのリュックサックの中には無駄なものが大量に入っていた。

大量の本をはじめ、チェス盤や何に使うかわからないガラクタの数々。どう考えても遺跡探索には不要なものばかりである。

「貸してください。俺が選別しますから」

このままだと本当にルミナは遊び半分で遺跡内を彷徨《さまよ》いかねないと判断したためソルドは必要なものと不要なものを仕分けることにした。むしろ最初からやれという話である。

荷物の整理が終わったところで、ルミナは不満げに唇を尖らせる。

「本は調査のために必要ですから出さないでください」

「こんな重いもん背負って探索できるか。必要なら俺が暗記してくから我慢しろ」

そう言うや否やソルドはペラペラとルミナの持ってきた大量の本を捲って記憶を始める。

「えっ、それで覚えられるんですか？」

「記憶力には自信があるんだ」

そう言ってソルドは本の中身を全て暗記したのかパタンと閉じると、それをルミナに返す。

ルミナは目を丸くしながらそれを受け取った。

「ソルドは生まれが違えば宰相になれたでしょうね」

「ぜぇったい嫌だわ」

げんなりとした表情を浮かべてソルドは即答する。

「俺は世界を旅して回るのが夢なんだ。近衛騎士団にいたのも成り行きで、本来は国に尽くすつもりなんてさらさらない」

「自分本位ぃ……」

自由奔放な答えにルミナはジト目を向ける。

「それより、さっさと出発するぞ。調査団の人達が待ってる」

「わかっています」

ルミナは大きく深呼吸すると、瞳に強い意志を宿らせて前を向いた。

それからしばらく木々をかき分けて歩くと、調査団のベースキャンプへと到着した。

「失礼。あなた達は帝国から派遣された調査団で間違いありませんか」

「はい、そうです。あなたはもしかして派遣されてきた方ですか？」

「ええ。申し遅れました。ゾディアス帝国第一皇女ルミナ・エクリプス・ゾディアスと申します。本日はよろしくお願いしますね」

ルミナは一歩前に出ながら自己紹介をする。その言葉に調査団員達からどよめきの声があがった。

『皇女殿下ぁ!?』

初めてルミナの姿を見た調査団員は一斉にひれ伏した。

「な、何故皇女殿下が調査に？」

「わたくしがアルデバラン侯爵の公務を引き継いだためですよ」

違う。そうじゃない。

なんでわざわざ皇女という立場の人間が遺跡までやってきたのか。

そんな内心を告げるわけにもいかず、調査団員はただただその場にひれ伏すしかなかった。

「わたくしの身辺警護に関しては問題ありません。この場にいるのは帝国最強の騎士ソルド・ガラツです。わたくしのことは彼が命に代えても守ってくれます」

「はっ。皇女殿下の御命はこの身に代えてでもお守りいたします」

ソルドはルミナの後ろに控えたまま、騎士らしい態度で自己紹介をする。

「ゾディアス帝国第一皇女が騎士ソルド・ガラツだ。本日は何卒よろしく頼む」

「おお、あなたが噂の騎士様ですか！」

ルミナと違い、ソルドのほうは調査団員達から歓迎されていた。

反応の違いからルミナは少しだけ頬を膨らませていたが、それを告げるのも調査団員達に悪いため黙っていることにした。

「皇女殿下も私も調査報告書には目を通している。報告書にあったこと以外で注意点があるなら伺いたい」

ソルドの申し出に対し、調査団員達は顔を見合わせると一人の男が口を開いた。

「一階層しかない遺跡ですし、特に遺跡に関しては大丈夫なのですが心配なのは、やはり時折聞こえる獣のような唸り声ですかねぇ」

「猛獣か。それは確かに気を付けたほうがいいかもしれないな」

調査隊の護衛として何名かは獣人兵が来ているものの、追加で人間の騎士を要請するところを見るに彼らのことを信用していないのだろう。

「あれ、ソルド先輩じゃないッスか！」

その時、ソルドは背後から聞き慣れた声に名前を呼ばれた。

振り返ればそこには見知った顔があった。

背丈はソルドと同じくらいで、全身を白い羽毛に包まれ、赤みを帯びた鶏冠《とさか》が特徴的な女性の獣人兵だった。

「トリス、お前もいたのか」

「はいッス！　聞きましたよー。皇女付きの騎士になったなんて大出世じゃないッスか！」

彼女は明るい笑みを浮かべながらソルドの背中をバシバシ叩く。

「あの、ソルド。そちらの方は？」

「おー、お嬢さん綺麗な方ッスね！　アチキはトリス・タンドリーって言うッス！　よろチキッス！」

「よ、よろチキッス？」

唐突に素《す》っ頓狂《とんきょう》な挨拶をされてルミナは困惑しながらも、なんとか返事をする。

「気になさらないでください。こいつはその場のノリでしゃべってるような奴なんで」

ソルドは呆れたように嘆息すると、改めてトリスに向き直る。

「どうして遺跡調査団員の警護なんてやってんだ？」

「こっちが聞きたいッスよー。自分じゃ役不足ッス！」

トリスはどこから見ても鶏の獣人という、いかにも戦えなさそうな頼りない見た目をしている。調査隊が不安がるのも無理もない話である。

「それ誤用だと思いますけど……」

ルミナは思わずツッコミを入れるが、二人は聞いちゃいなかった。

「あれ。皇女様はどこッスか？」

「お前、皇女殿下の特徴覚えてないのか」

「鳥頭のアチキでも忘れるわけないッスよ！　確か……えーっと」

「カンニングすんな」

ペラペラと懐に入れている備忘録を取り出して捲り始めたトリスにソルドは突っ込みを入れ

た。やがて、該当ページに辿り着いたのか、さも思い出したかのようにポンと手を叩いた。

「琥珀《こはく》色の髪と赤いドレスが特徴的な人ッス！」

「カンペがゴミすぎる」

「そ、それだけなんですね……」

あまりにもペラペラな情報にルミナはガックリと肩を落とした。

「この方はルミナ皇女殿下だ」

「コケぇ、ルミナ皇女殿下ねぇ……ぇ」

ソルドが告げると、トリスの顔が一瞬にして青ざめた。

「……大変申し訳ございませんでした。どうか打ち首だけはご勘弁を」

一瞬にして土下座をかまして地面に頭を擦り付けるトリス。あまりの豹変ぶりにルミナは唖然とするしかなかった。

「大丈夫ですよ!?　その程度のことで打ち首にしたりしませんからね!?」

「すげぇ。トリスがちゃんと敬語使ってるとこ初めて見た」

「アチキだって先輩と同じで公私使い分けてるんスよ」

「なんというか、ソルドの後輩って感じですね……」

それからしばらくして、ようやく落ち着いたトリスは遺跡の警備について愚痴《ぐち》を漏らしていた。

「まったく、やってられないッス。成人してる獣人兵はアチキだけ。あとはみんな最近入ってきた新人の獣人兵。業務引き継ぎするこっちの身にもなれって話ッスよ」

「ああ、さっき見かけた獣人兵、全員子供なのか」

「子供でも騎士団に所属できるんですか？」

ルミナはもっともな疑問を口にする。それに答えたのは口調を畏まったものに切り替えたトリスだった。

「ええ。正確には人間が騎士団、獣人が獣人兵団ですが、人間は十四歳から、獣人は十歳から所属することが可能です。あっ、これは元々獣人が戦闘部族で十に満たないうちから戦士として鍛えられることから決まっている制度です」

「要するに、差別じゃなくて区別というわけです」

「なるほど……」

獣人が冷遇されているように感じたらなんでも差別だと感じてしまっていたが、よく考えれば当たり前の話だった。

ルミナは自分が視野狭窄《きょうさく》になっていたことを自覚して恥じた。

「じゃあ、俺達はそろそろ遺跡を見に行く。くれぐれも調査団員の護衛で気を抜かないようにな」

「もちろんッス！」

こうしてルミナとソルドはトリスと別れ、エリーン遺跡の調査を開始することになった。

「こ、これが古代遺跡ですか！」

「……せっま」

遺跡内部へ足を踏み入れた途端、ルミナは目を輝かせ、ソルドはガッカリしたような表情を浮かべていた。

「何をそんなに落ち込んでいるのですか？」

「いや、だって古代遺跡って聞いたらピラミッドみたいな超ドデカイの想像するじゃん。外観からそんなに大きくは見えなくても、内部はめっちゃ広いみたいなの期待してたんだけどな……」

ソルドは前世でのファンタジーの世界への憧れからか、古代遺跡と聞いて広大なダンジョンのようなものを想像していた。

だが、実際に遺跡を訪れてみれば目の前に広がるのはせいぜい四〇平米程度の広さの石畳。その中心部に四体の石像が建っており、壁には古代文字らしきものが書かれていた。

壁も両側は柱だけで外の景色が見えており、あまり閉鎖的な印象もない。

「がっかり名所ってこういうのを言うんだろうな」

「そう言わずに調べてみましょう！　案外調べたら新たな発見があるかもしれませんよ」

「だといいんだがな」

ルミナはワクワクとした様子で石像を調べ始めた。

一方、ソルドは周囲を見回して警戒を始める。

「っ」

「ブオォォォォ……」

調査隊が言っていたように、遺跡内部には時々獣のようなの鳴き声が聞こえてきた。

しかし、鳴き声の主が姿を現すことはない。ルミナも最初こそ驚いていたが、すぐに興味をなくして石像を調べる作業に戻った。

「さっきから壁の文字と石像を行き来してるみたいだけど、何かわかったのか？」

ルミナの行動にソルドは首を傾げる。

ルミナは石像の周囲をグルグル回りながら何かを確認していた。

そして、満足したのか彼女はソルドの傍へと駆け寄った。

「これはもしかすると大発見かもしれません！」

「ほー」

「あっ！　信じていないでしょう！」

全く興味を示してくれなかったソルドにルミナは憤慨する。

ルミナは咳払いをして気持ちを整えると、ソルドに向かって説明を始めた。

「まず、壁に刻まれた文章は古代文字でこう書かれています――

1 - 勇敢なる王は兵を統べて前線を駆ける。

2 - 知略に富んだ軍師は後方で戦況を窺う。

3 - 闇に紛れし間者は王の傍に控える。

4 - 檻から解き放たれた獰猛な戦士は後方から戦場へと突入する。

5-戦場において突破口を開くのは突如として前線に現れた食わせ者の呪術師だ。

——直訳ですが、こんなところでしょう」

ルミナは幼い頃から英才教育を受けていたこともあり、古代文字の類も読むことができた。

そのことに感心しつつ、ソルドはルミナの考察に耳を傾ける。

「それから、石像を見てください」

ルミナは遺跡内部に存在する動物を模した石像を指さす。

そこには獅子、狼、蝙蝠《こうもり》、虎、狐らしき石像が等間隔に並んでいた。

形だけではなく、それぞれの石像の台座には動物の名前もしっかりと刻まれている。

・獅子：Lion
・狼：Wolf
・蝙蝠：Bat
・虎：Tiger
・狐：Fox

もちろん、古代文字でだ。

「床の石畳はまるでチェス盤のように規則的な正方形に配置されていて、動物の石像もそれぞれ等間隔に並んでいます。壁に刻まれた文章は戦においての兵の強さを表していると考えると、この遺跡の内部は巨大なチェス盤を表しているともとれるのです」

「おお！」

ルミナの仮説を聞き、ソルドは感嘆の声を上げる。彼女の仮説はそれなりに筋の通っているものだった。

さすがは帝国第一皇女、その頭脳は伊達《だて》ではない。

どんな結論を聞かせてくれるのかと、ソルドはルミナの言葉を待つ。

「つまり、この古代遺跡は昔のチェスのルールと駒を展示したものだったんですよ！」

「期待した俺がバカだった」

「なんでですかぁ!?」

呆れ果てたソルドの表情を見て、ルミナは涙目になりながら詰め寄る。

ソルドはやれやれといった感じで溜息をつくと、肩を竦めた。

「いくらなんでもそのまますぎる」

「後世に残したとき用にわかりやすくしたかもしれないじゃないですか！」

ルミナは頬を膨らませてソルドに抗議するが、彼は気にせず言葉を続ける。

「昔のチェスの駒を展示してるだけだったら、もっと明確にこの駒はこの役割を持っているとか書くだろ。それこそわかりやすく伝えたいのならな」

「うぐっ」

ソルドの正論にルミナは何も言い返せなかった。

「でも、途中までは筋が通ってたし、案外ルミナの考察はあと一歩で大発見に繋がるかもしれない。俺も偉そうなこと言ってるけど、答えがわかったわけじゃないからな」

落ち込むルミナを見かね、ソルドは苦笑交じりにフォローを入れる。その言葉で少しだけ元気を取り戻したルミナは、再び石像を観察し始める。

「ブオォォォォ……」

すると、先ほどから何度も聞こえていた獣の鳴き声が遺跡内部に響き渡った。

「またこの鳴き声ですか」

「見たところ生き物がいる様子はないし、風が原因かもな」

「風でこんな音がなるのですか？」

「水の入った瓶の口を吹くと音が鳴るだろ。あれと同じ……ん？」

そこでふと何かが引っかかる。

遺跡の柱の間から入り込んだ風で音が鳴ったとして、こんな不気味な音になるだろうか。低く鳴り響く、獣のような鳴き声。水の入った瓶の口を吹くと鳴る音。そこまで考えて、ソルドはハッとした表情を浮かべる。

「ルミナ。もしかしたら大手柄かもしれないぞ？」

「へ？」

唐突のソルドの一言にルミナは気の抜けた声を漏らした。

そんな彼女を尻目に、ソルドは遺跡の床に触れながらニヤリと口角を上げたのであった。

書き置きだけを残してソルド達が遺跡調査に向かったことで、レグルス大公は放心状態となっていた。

「レグルス大公、そろそろ正気に戻ってくださいませ」

「つは！」

クレアに声をかけられ、ようやく我に返ったレグルスは慌ててルミナの執務机に乗っている書類に目を通した。

「エリーン遺跡の調査か……獣の唸り声が聞こえるからと調査団員から騎士派遣の要請が出ていたな」

「派遣要員に人間の騎士を指定しているのは、派遣された護衛があのトリスと少年獣人兵だけだからでしょうね」

「普通ならば追加の護衛要員を要請したところで手すきの獣人兵が送られる。また少年兵が送られては頼りないと思ったのだろう」

獣人は強靭な肉体を持つため若くして戦士たりうる資質を持ってはいるが、それを理解していなければ、ただの子供にしか見えない。

女子供はか弱いというイメージを強く持っている人間達からすれば、頼りないことこの上な

◆◇◆◇◆◇◆◇◆

いだろう。

「トリス、か。あやつも腕は立つのだがな」

「正直、護衛ならばトリスとライカンだけで十分なのですけどね」

独り言のように呟いたクレアの言葉に、レグルス大公は興味深そうに尋ねる。

「そのライカンという少年はそんなに腕が立つのか？」

「ええ。狼の獣人で獣人としての血も濃いので、成長すればソルド様並みに強くなれるかと」

「将来有望な獣人と同格かそれ以上、か……やはりあやつはバケモノだな」

ソルドの強さをよく知るレグルスは深い溜息をついた。

「そのバケモノを育てたのはあなた様ですよ」

「余は拾っただけだ。育ててはいない」

その発言に、クレアは肩を竦《すく》めて苦笑する。幼少期こそレグルス大公の治める土地で過ごさせていたものの、定期的に彼の様子を見に行っていたのはクレアもよく知っていた。

「そういえば、彼の名付け親はレグルス大公と聞きましたが本当ですか？」

「名付けたわけではないのだが……まあ、そのようなものだな」

どこか複雑そうな表情を浮かべると、レグルス大公は続ける。

「当時赤子だったあやつのおくるみに古代文字で書かれていた名前をそのまま読んだだけだ」

「古代文字ですか。ソルド様も不思議な星のもとに生まれたものですね」

「ソルドとルミナ皇女殿下が向かったエリーン遺跡にも古代文字が刻まれていたらしい。まるで何かに導かれているようだ」

感傷的な気分になったレグルス大公は窓の外へと視線を向ける。そこには雲一つなく澄んだ青空が広がっていた。

「失礼するよ、レグルス大公」

ちょうどそのとき、部屋の扉が開かれた。入ってきたのは宰相であるヴァルゴ大公だった。

彼は部屋に入るなり、挨拶もそこそこに用件を切り出す。

「ちと、ルミナ皇女殿下が危険な調査に向かわれたと小耳に挟んだものでな」

空が青いなぁと半ば現実逃避していたレグルス大公だったが、さすがにヴァルゴ大公を無視することはできないため渋々言葉を返した。

「ソルドがついております。何も心配することはございません」

「万が一ということもある。少々認識が甘いのではないかね。まったく、獣人という種族は楽観主義者が多いのかねぇ」

ヴァルゴ大公は度々レグルス大公のもとを訪れては、ネチネチと小言を並べたてる。彼の獣人嫌いは筋金入りであり、帝国城内にいるレグルス大公はいつも嫌がらせを受けていた。

「万が一を起こさないのがソルドという騎士です」

「あやつは兵器か何かか」

「下手な兵器よりも強力ですぞ」

呆れ果てた様子のヴァルゴ大公に対し、レグルス大公もどこか複雑そうな表情を浮かべた。

人間離れした人間の騎士。それは城内の共通認識だった。

「まあ、その話はよい。ルミナ皇女殿下が真面目に公務に取り組むことは将来を考えれば悪いことではないさね」

ここでようやく話が進んだことにレグルス大公は内心ほっとする。

「本題はここからだ」

しかし、安堵したのも束《つか》の間、次の一言で再び現実に引き戻される。

今度は一体どんな厄介ごとを持ち込んでくるのかと不安になりながら、レグルス大公はヴァルゴ大公の言葉を待つ。

「レグルス大公、〝叛逆の牙〟という組織は知っているかね」

「もちろんです。獣人による反帝国組織ですな」

報告書に上がっていた名前にレグルス大公が表情を引き締める。

かつて獣人の王国アルギエを治めていたアルギエ王家の末裔として叛逆の牙の存在は看過できないものだったからだ。

「末端の構成員こそ捕縛できたが尋問の前に自害されてしまった。彼奴《きやつ》らを野放しにしておけば帝国の害となることは目に見えている」

ヴァルゴ大公は目を細めてレグルス大公を見据える。

「お前さんは関与していないだろうな？」

「そのようなこと、あろうはずもございません」

レグルス大公はしっかりとヴァルゴ大公の視線を受け止めたうえで答える。

「たとえ姿が雄獅子の獣人だろうと、わたくしめにも皇族の血が流れております。この身は獣人の王ではなく、帝国に忠誠を誓った身でございます」

レグルス大公も、ヴァルゴ大公も等しく皇族の血を引く者。姿や考え方、価値観が違えど、彼らは等しく帝国に忠誠を誓った臣下なのだ。

「ふん、そうでなければ困るさね」

こうして揺さぶりをかけられたことも一度や二度ではない。どんなに時間をかけたところでヴァルゴ大公がレグルス大公を信用することはないのである。

「我らの血は混ざり合い種族の境界を曖昧《あいまい》にした。だが、どんなに人の姿に近づこうと、お前さん達獣人は獣の心を宿していることを忘れるな」

「はっ。しかと肝に銘じます」

間髪いれずに頷いたレグルス大公につまらなさそうに鼻を鳴らすと、ヴァルゴ大公は捨て台詞のように告げる。

ヴァルゴ大公は人間と獣人が交わることを蛇蝎《だかつ》のごとく嫌っている。

レグルス大公の扱いが敗戦国の象徴の破壊という目的があるからこそ耐えているが、彼自身は人間に近い見た目になった獣人がそこかしこに存在することを良く思っていなかった。

「少なくとも、貴様は皇族の血が流れているだけの存在に過ぎん。我ら人間の皇族だけが知る〝宝珠〟の情報も伝えられておらぬようだしな」

「それはわたくしめが知る必要のない情報です。それを知ることで帝国の安寧が脅かされるのならば、わたくしめは無知でいましょうぞ」

あえて情報の断片を匂わせることでヴァルゴ大公は揺さぶりをかけてくる。

もちろん、そんな揺さぶりに応じるレグルス大公ではなかった。

「では、私はこのくらいでお暇《いとま》させていただくとするかね」

「お忙しい中ご足労いただきありがとうございました」

「くれぐれも皇女殿下をよろしく頼むぞい」

最後にそう念押しすると、ヴァルゴ大公は執務室から去っていく。

ようやく帰ったかと、レグルス大公は大きな溜息をつく。

そして、扉の向こうへと中指を突き立てているクレアへと声をかける。

「クレア」

「叛逆の牙についての情報を集めます」

「頼んだ」

何も言わずとも意図を汲み取ってくれる侍女に、レグルス大公は深く感謝するのであった。

◆◇◆◇◆◇◆◇◆

レグルス大公の気苦労も知らず、ソルドとルミナは遺跡の調査を進めていた。

「チェスってのは、あながち間違いじゃないかもな」

「というと？」

「盤上の駒を動かすって考え方自体は合ってるってことだよ」

チェスほど難しくはないだろうけどな、と前置きするとソルドは解説を始める。

「壁に刻まれた文字はそれぞれ石像を表しているんだ」

ソルドは等間隔に並んだ石像を指さして告げる。

「文章の前には数字が振ってあっただろう？」

「確かにありましたね……あっ、石像の数と同じです！」

動物を模した石像の数と壁に刻まれた文章の数は一致している。これを偶然とは考えづらい。

「あとはどの動物がどの文章に対応しているかだが……これはさすがにわかるだろ」

「勇敢なる王は獅子、知略に富んだ軍師は狼、闇に紛れし間者は蝙蝠、食わせ者の呪術師は狐、ですかね」

ルミナは石像の動物から何となく文章のイメージが近い動物を当て嵌《は》めていく。

「消去法で獰猛な戦士は虎になりますけど、どうにもしっくりきませんね」

「檻は虎の縞模様を表しているとしたら？」

「ああ！　縞模様のある獰猛な戦士と言われれば虎っぽいです！」

ルミナはポンッと手を叩く。

ソルドはその反応に満足げに微笑むと、話を続ける。

「で、だ。古代文字でそれぞれの動物の名前の綴《つづ》りを書くとこうなる」

ソルドは荷物の中にあった紙を取り出し、そこにペンで古代文字の単語を書き連ねてルミナへ手渡す。

「ソルドって古代文字の読み書きもできるのですか⁉」

「読めるっていうか……」

だって、古代文字ってアルファベットをそれっぽく崩して作ったものだし。

この辺りはゲームが舞台となっている影響だろうとソルドは考えていた。ちなみに、帝国で使われている共通言語も日本語だったりする。

「とにかく、壁に刻まれた文章ではわざとらしくそれぞれが戦場においてどの位置にいるかを示している。それが鍵なんだ」

そして、ソルドは壁に刻まれた文章をもう一度読み返す。

「勇敢なる王は兵を統べて前線を駆ける。知略に富んだ軍師は後方で戦況を窺う。闇に紛れし間者は王の傍に控える。檻から解き放たれた獰猛な戦士は後方から戦場へと突入する。戦場において突破口を開くのは突如として前線に現れた食わせ者の呪術師だ。これは戦場での配置を示している」

ソルドは壁に刻まれた文章を反芻しながら、そう断言する。

「戦場において前にいるのが、獅子、蝙蝠、狐。後ろにいるのが、狼、虎だ」

「それがどうしたというのですか」

ルミナはまだ納得していないのか首を傾げた。

「ルミナ、お前は遺跡の床をチェス盤に例えたよな？」

「はっ！　もしかして、この文章は石像の動かし方を表しているのではないですか」

「そんなとこだろうな」

ソルドは腕を組みながら、石像周辺の床を見つめる。

古代遺跡のためか、一部欠けたりしている石畳の床には擦れたような跡もある。かつてこの遺跡を訪れた者が動かした跡と見ていいだろう。

「あれ？　そうなると綴りの意味は？　それに、その仕掛けを解いたところで何が起きるのかもわかりませんね……」

「文章内での前方、後方はあくまでも綴りの中でどこを抜き出すかを示してるんだよ」

絶対これ、原作のゲームにもあったギミックだろ。

ソルドはこの世界にはいないゲーム制作者に呆れたように溜息をついた。

「獅子の前はL、狼の後ろはF、蝙蝠の前はB、虎の後ろはR、狐の前はFだ。この古代文字が何を示してるかわかるか？」

「L、F、B、R……もしかして左右前後ですか!?」

「よく真っ先にそれ思い浮かんだな」

「古代文字だけでなく、古代の歴史についても学びましたからね！　左右前後、Ｌｅｆｔ、Ｒｉｇｈｔ、Ｆｒｏｎｔ、Ｂａｃｋを古代文字の頭文字で表すことくらい知ってますよ」

左右をLRと略すのは言ってみれば、前世で暮らしているからこその感覚だとソルドは思っていた。特にゲームではボタンがLRと表記されるものも多い。

この遺跡の暗号はゲームの舞台だからこそ解けるものだとソルドが思うのも無理はなかった。

「それでそれで！　石像を左右前後に動かしたら何が起きるんですか⁉」

もう待てないとばかりにルミナは目を輝かせてソルドへと詰め寄る。

「気が早いっての。まずは指示通り動かさないと、な！」

ソルドは早速解読した通りに石像を動かしていく。獅子は左に、狼は前に、蝙蝠は後ろに、虎は右に。

そして、最後に狐の石像を前に動かすと告げる。

「戦場において突破口を開くのは、突如として前線に現れた食わせ者の呪術師――つまり、狐の石像を動かしたこの床が〝突破口〟ってわけだ」

ソルドの言葉と同時に、ゴゴゴゴッと大きな音を立てて狐の石像があった場所に地下へと続く階段が現れたのであった。

地下への隠し扉を見つけたことで、ルミナのテンションは上がりっぱなしであった。初めて外に出たルミナにとって、古代遺跡の隠し通路を見つけるなんてものは飢えた猛獣に肥えた豚を与えるようなものである。

「では、早速調査に向かいましょう！」

「待てって」

「ぐえっ」

興奮冷めやらぬ様子のまま地下に突撃しようとしたルミナの首根っこを掴む。

そのまま引きずられる形となったルミナは首が締まり、蛙が潰れたような声をあげる。とてもじゃないが、巨大な帝国の皇女の出していい声ではない。

「打ち首ィ！」

「はいはい。打ち首打ち首。いきなり掴んで悪かったって」

ぷんすか怒るルミナを雑に宥めると、言い聞かせるように告げる。

「ルミナは治める領地の仕事としてここにいる。まずは調査団員に報告するのが筋《すじ》ってもんだろ」

「それは、そうですけど……」

ソルドの指摘にルミナは理解しつつも不満げな表情を浮かべる。地下用水路を平気な顔で通るわんぱく皇女はまだ見ぬ冒険に飢えていた。

「それに未開の地には危険がつきもんだ。一旦、準備を整えたほうがいい」

「ソルドがいれば大丈夫じゃないんですか？」

「人を全自動迎撃装置みたいに扱うな。俺だって人間だぞ」

「はいはい。人間人間」

さっきのお返しとばかりにソルドを雑にあしらうと、ルミナは思案顔で告げた。

「しかし、そうですね。ソルドの言うこともっともです。少々舞い上がってしまいました」

「わかってもらえたようで何よりだ」

「では、騎士ソルド・ガラツに命じます。調査団員と兵士を数名呼んできなさい」

「御意」

ソルドは恭《うやうや》しく頭を下げるが、すぐに首を傾げる。ルミナがなんだかいつも以上に素直だと思ったのだ。

まさか、監視の目がない内に一人で地下に行く気なのではないか。

「まさかな……」

ルミナだってバカじゃない。いくらなんでも、そこまで考えなしではないだろう。

ソルドは頭を振って、過《よぎ》った不安をかき消す。

しかし、その判断をソルドは後悔することになる。

「いやぁ、まさか地下への隠し通路があるとは驚きでした！」

それからほどなくして、ソルドは調査団員と兵士を数人集められた。

「さすがは皇女殿下。まさか遺跡の内容を解読してしまうなんて……」

「ええ、私も驚きました。聡明な皇女殿下にお仕えできて騎士冥利に尽きますよ」

さりげなくソルドはルミナへと隠し通路発見の手柄を譲っていた。

これ以上、下手に自分だけが注目されて厄介事に巻き込まれるより、ルミナにも目立ってもらおうという魂胆《こんたん》である。

「ああ、やっぱり隠し通路あったんスね」

「「えっ」」

何てことのないように告げるトリスに、その場にいた全員が絶句する。

「お前、気付いていたのか？」

「はい。だって地下から隙間風が吹いてたじゃないスか。獣のような鳴き声も地下から吹いた風で鳴ってたんスよね」

トリスは風の流れに敏感であり、獣の鳴き声の正体も理解していた。

ソルドも例の獣の鳴き声から地下空間が存在していることに思い至ったが、トリスはとっくにその結論に至っていたのである。

「お前、ホント地頭はいいよな……」

「まあねッス！　アチキは地頭《じとう》っ子スから！」

「じとっことというか、ドジっ子だろうが……で、なんで調査団員に報告しなかったんだ？」

ソルドが尋ねると、トリスはハッとした表情を浮かべる。

「そうだ。思い出したッス！　隠し通路があるかもしれないって報告しようと思ってたんスよ！」

「お前、ホント鳥頭だよな……」

ソルドは呆れた様子で額に手を当てる。ろくに報連相ができない後輩との合同演習での日々が脳裏に蘇ってきたのだ。

それから雑談交じりに歩みを進めて遺跡に到着すると、そこにルミナの姿はなかった。

地下への隠し通路と消えた皇女。この光景を見れば何が起きたかくらいバカでもわかる。

「マジで打ち首案件じゃん！　何やってんだ、あのバカ皇女！」

ソルドは嫌な予感が的中してしまったことに思わず天を仰いだ。

◆◇◆◇◆◇◆◇◆

ルミナが単身で地下への隠し通路に入り込んだと察してすぐに、ソルドは周囲に指示を出して地下へ向かった。

「なんでアチキだけ同行させたんスか。地下は広そうですし、みんなで手分けして捜したほうが効率いいッスよ」

ソルドは現在トリスと共に地下を進み、他の者達には地上で待機を命じていた。

薄暗い地下は得意ではないトリスは、ソルドの後ろをついていきながら不満げな表情を浮かべている。

「大体、鳥目《とりめ》のアチキ連れてきてどうするッスか」

「何が鳥目だよ。実際はちゃんと見えてるだろうに」

鳥目とは鶏の視力が低いことから広まった誤解である。

鳥の視力は人間よりもはるかに良い。それは鳥の獣人も同じである。

本来ならばトリスも鶏と同様に暗闇で視力が低くなるはずだが、トリスは他の鳥獣人と比べても遜色ないほどに目が良い。そのあたりは動物と獣人の肉体構造の差といえるだろう。

「地上ほどよくは見えないッスよ。色の見え方も全然違うんスからね」

「せいぜい人間レベルに視力が落ちるくらいだろうに、今の状況ならそれで十分だ」

ソルドは会話をしながらでも油断せずに歩みを進める。

ルミナにもしものことがあれば本当に打ち首になりかねない。焦るのも仕方のないことであった。

「おっ、鼠ッス」

トリスは弓を構えると即座に矢を射る。

暗闇の中、正確に放たれた矢は鼠の尻尾《しっぽ》を地面へと縫い付けていた。

「前言撤回。全然人間よりも目がいいじゃねぇか」

「暗い所は鼠限定ッスよ。鼠は鼠道を辿ればその先にいるッスからね」

「たぶんそれ、お前らにしか見えてないやつだからな」

何体も鼠を生け捕りにして回収してくるトリスに、ソルドは呆れたように溜息をつく。

鼠道とは鳥の獣人にのみ見える鼠が通る道のことで、視力が落ちようともその道は光って見えるそうだ。

鼠を生け捕りにしたトリスは笑顔を浮かべて告げる。

「食いますか？」

「あほか、寄生虫怖くて食えんわ」

「冗談ッスよ」

トリスは笑顔を浮かべると、生け捕りにした鼠を腰のベルトに結び付ける。

「これは道の安全を確認するためッス。罠とかあったら大変ッスからね」

「なんでこんなに有能なのに出世できないんだろうな」

「獣人だからじゃないッスかね」

否、報連相ができないからである。

「先輩の分もあるッス。不安なときは鼠を使って安全確認するといいッス」

「お前、意外と容赦ないよな」

トリスも何だかんだ言って兵士だ。

無駄な殺生《せっしょう》はしないが、必要とあれば容赦はしない。ある意味、彼女の獣人らしい一面である。

「鼻の利くライ君連れてくれれば、こんなまどろっこしいことしなくていいんスけどね」

「いや、誰だよ」

「あの狼の子ッスよ」

「あー、あの獣人の血が濃そうな子か」

最近入ったばかりだという少年獣陣兵の一人に、顔があからさまに肉食獣の顔立ちの者がいた。

獣人と人間の血が混ざった者は見た目がどんどん人間に近づいていき、耳や尻尾くらいでしか判別ができなくなる。

「あの見た目だと先祖返りか、ほぼ人間の血が混ざってないってところだな」

「詳しい事情は聞いたことないッスけど。たぶん先祖返りっぽいッスね」

レグルス大公も獣人としての血は薄まってしまっているが、先祖返りによって純粋な獣人と同様の見た目と力を持っている。

珍しい例のはずだが、意外と身近に同じようなケースがあったようだ。

「あの子は信用できない」

「……どういうことッスか」

仲間を信用できないと言ったソルドの言葉にトリスが目を細める。

「気を悪くしたらすまん。だが、どうにも引っかかるんだ」

「何がッスか」

「報告書には獣のような唸り声が聞こえるとあった。調査団員の人も鳴き声じゃなくて〝唸り声〟と言っていた」

「それのどこがおかしいんスか。あれって結局地下から風が吹いて鳴ってた音じゃないッスか」

「獣の唸り声ってのはもっと喉を鳴らして相手を威嚇するような声だ。俺達が聞いていた遠吠えみたいな音じゃない」

調査団員は定期的に聞こえる獣の鳴き声と唸り声から近くに猛獣が潜んでいるのではないか

と考えていた。

きっとソルド達が来なければ、近いうちに調査も仕切り直しとなっていたことであろう。

「まさかライ君がそれを？」

「確証はない。でも、信用しない理由としちゃ十分だ。何せ皇女殿下の捜索だからな。不安要素は全て排除したかったんだ」

そんなことをした証拠もなければ、意図もわからない。

それでも、万が一を考えればルミナの捜索を彼に任せることはできなかったのだ。

「じゃあ、自分は信用されてるってことでいいッスか！」

「ああ。信頼もしてるよ」

ソルドにとって近衛騎士団所属前からの後輩であるトリスは信頼できる。だから、わざわざ彼女だけを連れてきたのだ。

「それは嬉しいッスけど、どうやって皇女殿下を捜すんスか？」

「ルミ――皇女殿下が地下に入ってからそう時間も経っていない。しらみつぶしに近くを捜すしかない」

「そうッスね。ここからは手分けして捜すッス」

ソルドの言葉に頷くと、トリスは分かれ道を曲がっていくのであった。

それからソルドは一人で地下を進んでいく。

生憎《あいにく》、罠らしき装置などはなく、生け捕りにした鼠の出番もなかった。

「見つけたぞ、このバカ皇女」

「うっ……ソルド」

そして、ルミナのこともあっさり見つけることができた。

ルミナも迷惑をかけた自覚はあるのか松明に照らされた顔はバツの悪そうな表情だった。

「大方、調査団員を連れてきたら外で待機させられるから先に中に入ったんだろ」

ルミナは帝国の第一皇女だ。立場上、わざわざ危険な場所に入ることは許可できない。

「未知の場所は危険だって言ったよな」

「はい……」

「まだ見ぬ冒険にわくわくする気持ちはわかる。俺だって隠し通路を見つけたときはわくわくしたからな」

俯《うつむ》くルミナを宥めるようにソルドは言葉を続ける。

「頼むから何かするときは俺だけにでも相談してくれ」

ルミナの気持ちもわかるが、危険な行動をされればソルドの責任問題にもなりかねない。

「……申し訳ございませんでした」

口の悪いソルドが優しい口調で諭したこともあり、ルミナは素直に頭を下げた。反省している人間には優しい言葉のほうが響くものである。

「一旦、地上に戻って安全が確保できたらまた中を探検すればいい。一緒に戻ってくれるな？」

「はい。わかりました」

ここまで言われればルミナも引き下がらざるを得ない。

来た道を引き返そうとするソルドに続き、ルミナは歩き出す。その瞬間、ガコンと何かの装置が起動する音が聞こえた。

「ルミナ」

「はい」

二人の足元にあった地面が突如として開いた。

さすがのソルドといえど、急に地面がなくなってしまってはどうしようもない。

「お前、ホントにふざけんなよ！」

「本っ当にごめんなさぁぁぁい！」

重力に従って落ちていく中、ソルドはせめてルミナだけでも怪我をしないように彼女を抱きしめるのであった。

◆◇◆◇◆◇◆◇◆

二人が落ちた場所は遺跡の一室だった。

「痛っ……怪我はないか？」

「はい。大丈夫で――っ!?」

ルミナは抱きしめられていると気づいた瞬間、ソルドから飛び退《の》いた。

「ああ、すまん。咄嗟《とっさ》だったんだ」

「いえ。いいですけど……」

ルミナは松明がどこかへいったことで、赤くなった顔を見られないで済むと安堵していた。

「それより、問題はこの部屋だな」

落ちた際に明かりがなくなってしまったため、ソルドは暗い部屋の中で感覚を頼りに荷物を漁《あさ》る。

「よし。火打ち石と油漬け鰯《いわし》缶、あと救急用の布もあるな」

ソルドは非常食として持ってきていた缶詰に穴を開け、そこに細く引き裂いて縄のようにまとめた綿の布を差し込む。

「ルミナ、危ないから離れてろ」

鞘から剣を抜くと、ソルドは火打ち石を剣で打ち付ける。飛び散った火花はうまく布へと飛び散り、火が着いた。

「おっ。一発で着いた」

「はえー。すごいですね」

手際よく火を熾《おこ》したソルドにルミナは目を丸くしていた。

「明るさは松明に勝てないが、ないよりマシだ。ひとまずこれで出口を探すぞ」

ソルドは明かりをいくつか作ると部屋を見渡してみる。

天井には大穴が開いており、自分達があそこから落ちてきたのだとわかる。

その他には壁に壁画や古代文字が刻まれ、中央部分には台座があり、その四つ角には火を灯すための燭台があった。

燭台へと火を灯すと、明かりが増えたことにより、部屋全体がぼんやりと照らされる。

「出入り口らしきものは見当たりませんね……」

「天井の穴から戻るのも無理そうだ」

二人して天井を見上げてみるが、高すぎて、とてもじゃないが登れそうにない。

いくらソルドの身体能力が高いといっても、ルミナを抱えながら壁面をよじ登れるほど人間はやめていなかった。

「壁画や祭壇らしき台座があるから罠に嵌めた者を閉じ込める空間ではなさそうだな」

「わたくしが踏んでしまった装置は罠ではなく、隠し扉のスイッチだったというわけですね」

「推測だけどな」

ここは何かの儀式を行うための部屋に見える。それならば、脱出のためのヒントも残されているかもしれない。

二人は壁に描かれた絵を調べたり、地面に刻まれた模様をなぞったりして手がかりを探す。

しばらく室内を調べたが、脱出できそうなルートは見つからなかった。

「気になるのはいろんな動物が描かれた壁画だ。隠し扉のときといい、これが鍵と見ていいだろ」

「また動物ですか……」

ルミナはうんざりとした表情を浮かべ、大きな溜め息をつく。そんなルミナとは対照的に、ソルドは壁画を見て冷静に分析をする。

壁画には獅子、鼠、熊、鳥の四種が二体ずつ描かれており、その間には交差した石の剣が飾ってある。獅子の片方に鬣《たてがみ》があることからこの壁画の動物は番《つがい》として描かれていると見ていい。

そして、動物の番の壁画の下にはそれぞれの子供らしき石像が聳《そび》え立っていた。

どうせこれも暗号解いたら隠し扉が開くパターンだろう。

そう判断したソルドは思考を回転させ始める。

「あ、あの。ソルド？」

そんな彼の思考を遮ったのは、躊躇《ためら》いがちに口を開いたルミナだった。

「……これはもしかすると、性行為をしないと出られない部屋なのかもしれません」

「そんなあってほしい部屋があってたまるか」

ルミナの突拍子のない発想にソルドは突っ込みを入れる。

「動物の番が描かれていて、子供を模した石像があるってことは〝そういうこと〟だと思うでしょう!?」

「淑女がそんなことを言うものではありませんよ、むっつり皇女殿下」

「誰がむっつり皇女ですか！」

ルミナは憤慨するが、ソルドの言っていることはもっともだった。

「本当に一発ヤるとして。どうやって遺跡がそれを判別するんだよ」

「ヤッ……!?」

「ほら、思い付きで後先考えずにしゃべると恥かくからやめたほうがいい」

ソルドの言葉にルミナの顔が赤く染まるが、彼は気にせず壁画の謎を解き始める。

「ソルド、もしかして結構、その……そういった経験があるのですか？」

「その話、まだ続けるのかよ」

「気になるじゃないですか！」

ソルドが呆れたように言うと、ルミナはムキになって言い返す。面倒になったソルドは渋々ルミナの問いに答えることにした。

「俺も騎士だからな。特定の相手はいないが、そういうことには詳しいぞ」

ソルドは見栄を張った。

本当はこの男、前世も含めて恋人など一度もできたことはないのである。

「騎士は皆そうなのですか!?」

「ああ。騎士なんてそんなもんだ」

風評被害である。

ソルドは騎士団の元同僚達に頭を下げるべきだろう。

「実際、おっちゃんが冤罪で投獄されたときも違法娼館の件が絡んでただろ？　きっちりした仕事に就いている人間ほど、そういう店には詳しいもんなんだよ」

「ということは、レグルス大公も？」

「おっちゃんなんて奥さんとうまくいってないから、なおのこと娼館通いだぞ」

「えぇ……」

とんでもない大嘘である。

ソルドはレグルス大公に土下座をするべきだろう。

「確か店の名前は――」

「やめましょう。これ以上はレグルス大公の尊厳にかけて聞いてはいけない気がします……」

ソルドの言葉を慌てて遮ると、ルミナは疲れたように肩を落とした。

それから好奇心が勝ったのか、口ごもりながらも尋ねる。

「……仮にですよ？　もし、本当にここから出る手段が、その、性行為しかなかったらどうしますか？」

「死ぬ気で天井の穴をよじ登る」

「そんなに嫌なんですか!?」

ソルドの即答ぶりにルミナは信じられないとばかりに大声を上げる。

「普通に皇女と騎士でそういう行為はしちゃまずいだろ」

「急にまともなこと言うじゃないですか」

「俺だって命は惜しいんでね」

　ソルドはあっさりと言い放った。そんなソルドの態度にルミナは不満げに頬を膨らませる。

「これ以上厄介事に巻き込まれるのはごめんだ。少なくとも、そういう状況になったとしてルミナだけはないから安心しろ」

　ソルドとしては、原作主人公と思っているルミナと深い繋がりができることは避けたいと思っていた。もう手遅れだということは置いておく。

「なんか、こう、もっとないのですか」

「一体俺に何を求めてるんだよ」

　ソルドは心底わからないといった様子で首を傾げる。

「恋愛対象として見ていると言われても困りますけど、あからさまに恋愛対象じゃないと言われるのも複雑なのです！」

「皇族らしい理不尽さに一周回って安心すら覚えるわ」

　ソルドは遠い目をして呟く。

「ルミナはこの国の皇女だ。今年で十六になるんだし、結婚相手だってそろそろ決まる時期だ。恋愛なんてできると思わないほうがいいぞ」

　皇族に生まれた時点で自由などあってないようなもの。そのことはルミナ自身が一番わかっているはずだ。

　ソルドはそう思っていたのだが、ルミナは納得できないらしく唇を尖らせる。

「……わたくしには弟がおります。別にわたくしが政略結婚する必要はありません」

「そんな理屈が通らないことはあんたが一番よくわかってるだろうに」

下水の流れる用水路を平気で通るような女だ。ルミナが自由に憧れていることはソルドも理解していた。

だからこそ、言わなくてはいけない。

「自由には責任が伴う。責務を果たさずに我を通すのならば、それはただの自分勝手だ」

「わかって、います……ええ、ソルドの言う通りですね」

ソルドの言葉を噛み締めるように俯いたルミナだったが、すぐに顔を上げて微笑みを浮かべた。

それは諦めを含んだような寂しげな笑みだった。

そんなルミナの表情にソルドは胸がざわつくのを感じる。

こんな顔をさせたかったわけではない。

「とにかく、ルミナは自分の立場を自覚してくれ。皇女として頑張るのなら、俺も騎士として協力はするから」

ソルドは無難な言葉をルミナにかけることしかできなかった。

「あっ。こんな話をしている場合じゃありません！　早く謎を解いて脱出しないと！」

気まずい空気が流れることを嫌い、ルミナは努めて明るい声で話題を変える。

「それなら大丈夫だ」

「えっ。もう解けたのですか」

驚くルミナの横でソルドは解説を始める。

「隠し扉の仕掛けに比べれば簡単だ。これは性的二形が鍵になってる」

「性的二形？」

性的二形とは、同じ種の雄と雌の個体が外見や体の特徴、行動などにおいて明確な性差を持つ現象のことである。

「四体の動物の中でも雌雄で明確な個体差があるのは獅子だけだ。雄獅子にあって雌獅子にないものはなんだと思う？」

話題を振られ、ルミナは咄嗟に馴染み深い獅子の獣人であるレグルス大公の顔を思い浮かべた。

「えっと……鬣でしょうか？」

「そうだ。そして、子供の獅子らしきこの像には鬣がない」

ソルドはそれぞれの動物の壁画に掛かっている石の剣を集め始める。各壁画に石の剣は二本ずつ掛かっており、石の剣は計八本になる。

「ビンゴだ」

子獅子の石像の首元には切れ目が入っており、ちょうど剣を差し込める大きさの穴も開いていた。

八本の石の剣を差し込むと、ちょうど剣が鬣のような状態になった。それをハンドルのように回し始める。

　すると、獅子の壁画があった場所が上に移動して通路が開いた。

「すごいです。ソルド！　通路が出てきました！」

「どうやら性行為をしないと出られない部屋じゃなかったみたいだな」

「そ、それは忘れてください！」

　冗談めかしたソルドの言葉にルミナは恥ずかしそうに顔を赤く染めた。

　開いた通路をしばらく歩くと、遺跡の最奥部と思われる広い空間に出た。

　天井は吹き抜けになっており、日の光が差し込んでいた。

「あれ。先輩じゃないッスか」

　そこにいたのは何故かボロボロになったトリスだった。

「おお。皇女殿下もいらっしゃいますね。よかったぁ、見つかったんですね」

「ご迷惑をおかけしました」

　心配そうな声を出すトリスにルミナは申し訳なさそうに頭を下げる。

「いえいえ。無事で何よりです」

「それよりトリス。随分とボロボロだが、何があった？」

「いやぁ、鼠が足りなくて罠を自力で突破したらこんなことになっちゃったんスよ。たぶんこの部屋、いくつものルートから来れるみたいッスね」

「お前、ホントよく生きてたな」

　なんだかんだで悪運の強いこの後輩は殺したって死にやしない。

トリスは見た目によらず実力だけは確かなのである。

「同じ部隊にいた頃、先輩にさんざんしごかれたッスからね！」

明るく振る舞うトリスだったが、その姿は土埃と切り傷で痛々しい。

自分が軽率に地下に入ったせいでトリスがボロボロになったと理解したのか、ルミナはバツが悪そうにしていた。

「直感を頼りにここまで来たッスけど、この空間はなんなんスかね」

「闘技場っぽさはあるな」

円形に広がる床はさながらコロッセオのようだ。

ゲームでいえばボス部屋だろうな。そんな感想をソルドは抱いた。

「ハッ！　忘れないうちにメモッス！」

いそいそと懐から備忘録とペンを取り出してトリスは記録をつける。こういうところは抜け目ない。

「何があるかわからない。俺の傍を離れるなよ、ルミ……ナ？」

言いかけて、ソルドは隣にいるはずの人物がいないことに気づく。

「また石像ですね。これも獅子でしょうか？」

ルミナは興味深そうに中央に設置された石像に手を触れようとしていた。

「バカ、触るな！」

「え？」

ソルドが慌てて駆け寄るも間に合わず、ルミナは獅子の形をした台座に触れてしまう。

直後、獅子の瞳が怪しく光り、部屋の中央に魔法陣のようなものが怪しく浮かび上がった。

どう見てもやらかした自分の主にソルドは冷たい視線を送る。

「おい、ルミナ」

「ごめんなさい」

ルミナの頬には冷や汗が流れており、明らかに焦っていた。

「なんかまずいッスよ。鳥肌が止まらないッス」

先ほどまでは明るい表情を浮かべていたトリスですら表情を強張らせている。

「チュラァ……」

その瞬間、ソルドは全身が粟立《あわだ》つような感覚になった。

「避《よ》けろ！」

咄嗟にルミナを抱えてその場から飛び退くと、直前までいた場所に何かが落ちてきた。

「なんスかこいつ!?」

驚きながらもトリスは咄嗟に弓を構えて臨戦態勢に入る。

そこにいたのは巨大な鼠だった。

現れた鼠の体躯は人間の成人男性の二倍の大きさがあり、鋭い前歯を剥き出しにしてこちらを威嚇してくる姿は普通の鼠とは大きく異なる。その姿を見たソルドの脳裏に〝魔物〟の二文字が過る。

「ヂュラァァア！」

「鼠!?　こんな大きな鼠がいたのですか！」

「んなわけあるか！　どう考えても普通の鼠じゃない！　原作のスーマルキって、これ用かよ！」

「軍の遠征でもこんなのと戦ったことないッスよ！　てか、スーマルキってなんスか!?」

この世界はゲームの舞台であり、ルミナの聖剣のゲーム内にも魔物という存在は出現していた。

しかし、ソルドが転生してから今日に至るまで魔物という存在を確認したことはなかった。その概念すらこの世界にはなかったのである。

「急にファンタジーらしさ出してくんなっての！」

ソルドはルミナを庇うように前に出ると、腰に差した剣を引き抜く。

「先輩！　皇女殿下はアチキが守りますから前衛お願いするッス！」

「わかった！」

ソルドは苛立ちをぶつけるように剣を振るうが、巨大鼠の体毛は鉄のような硬さで刃が弾かれてしまった。

さらに間髪いれずに巨大鼠はこちらに向かって突進を仕掛けてくる。

「させないッス！」

トリスはすかさず矢を射る。放った矢は的確に巨大鼠の鼻先に突き刺さる。

「ナイスショット！」

ソルドは思わず賞賛の声を上げる。トリスの弓の腕は知っているが、それでも自分の動きを理解した的確な射撃には驚いた。見ないうちに随分と腕を上げたらしい。

「ヂュラァァ！」

「全然効いてないッス!?」

だが、巨大鼠は怯むことなく再びこちらに襲いかかってくる。どうやらあの程度の攻撃では大して効いていないらしい。

「トリス、目を狙え！」

「了解ッス！」

トリスは言われた通り巨大鼠の目に狙いを定めて矢を放つ。放たれた矢は吸い込まれるように巨大鼠の右目を貫いた。

「ヂュゥ!?」

「もらった！」

巨大鼠が怯んだ瞬間をソルドは見逃さなかった。

跳躍すると、ソルドは突きの構えを取り巨大鼠の左目を貫く。剣の根元どころか肘の辺りまでが巨大鼠の目の中に埋まった。バケモノといえど、さすがに致命傷である。

剣の切っ先が脳にまで達したこともあり、巨大鼠はそのまま力なく横たわるのであった。

「ふぃー、さっすが先輩ッスね！」

「最初にここに来たのが俺達で良かったな。一般兵士じゃこんなバケモノとまともに戦えないぞ」

　この世界で兵士が戦うのは他国の兵士か野生の獣くらいである。こんな常軌を逸したバケモノとの戦いは想定されていない。

　魔法やモンスターは、お伽噺《とぎばなし》の域を出ない存在でしかなかったのだ。

「死んでるとは思うが、念のためちゃんと死んだか確認するぞ。トリス、ルミ——皇女殿下を頼む」

「はいッス」

　ソルドは念のため周囲を警戒しながら、地面に倒れた巨大鼠を観察する。

　すると、巨大鼠の肉体は黒い塵《ちり》のようなものになって崩れ落ちていく。

「マジでゲームの演出みたいだな……」

　肉体が崩れ落ちた跡には、巨大な前歯と硬質化した体毛、そして金色に輝く球体が残っていた。

「なんだこれ？」

　巨大鼠の体内から出てきたこともあり、ソルドは懐から手拭いを取り出して金色の球体に触れようとした。

「チュウ！」

「あっ」

その瞬間、腰に付けたままにしていた弱りきった鼠が逃げ出し、金色の球体に触れた。

「チュラァァ！」

金色の球体に触れた鼠は巨大化し、先ほどと同じバケモノが誕生した。

「……もう一回遊べるドンってか？」

「おかわりはいらないッスねー」

「二人共、鼠が来てますから！」

そして、二回目の巨大鼠戦は一瞬で終わりを迎えるのであった。

再び巨大鼠を同様の方法で倒したソルドは返り血まみれになっていた。

「このまま川にでも飛び込みたい気分だ……」

「前衛お疲れ様ッス」

当然、後衛で矢を放っていたトリスは一切返り血を浴びていなかった。

「帰ったら念入りに血を流さないとな。病気にでもなったら洒落《しゃれ》にならん」

「皇女殿下にうつしたらまずいッスもんね」

「ハッ。病気になれば公務も休めるのでは？」

「何、その手があったかみたいな顔してんだ」

冗談めいたことを言い合うソルド達だったが、その表情は余裕そのものだった。

本来ならば、兵士十数人がかりで挑むべきバケモノをたった二人だけで討伐しておいてこの余裕である。

「てか、お二人って仲良いんスね」

先ほどからくだけた態度で接しているソルドとルミナを見て、トリスは意外そうに呟く。

「いや、それはだな」

「アチキの前じゃ取り繕わなくていいッスよ。鳥だけに」

「誰がうまいこと言えと」

「公《おおやけ》の場では騎士として振る舞ってもらっていますが、二人のときはソルドには素の態度で接してもらうようにしているんですよ」

変に取り繕った態度で接されるよりも、くだけた態度で接してもらうほうがルミナとしても気楽だった。もちろん、過ぎた暴言があればそれなりに怒ったりもする。

「基本的に無礼講でいいってのは楽だから、その辺はありがたいよ」

「あなたのはただの無礼ですけどね」

二人は笑い合い、トリスはどこか羨ましげに二人のことを眺める。基本的に堅苦しいやり取りが苦手なトリスにはそれが眩しいものに見えたのだ。

「つと。こんな話してる場合じゃないッス！」

トリスは思い出したように床に転がっている金色の球体に近づく。

「これ、なんスかね？」

「トリス、お前は触るなよ」

動物が触れるとバケモノになる。下手をすればその効果は獣人にも及ぶ可能性がある。

それを危惧したソルドは無造作に金色の球体に触ろうとしたトリスを制止する。

「人間なら触れて大丈夫でしょうか？」

「それもわからない以上、不用意に触るなよ」

「あっ、大丈夫みたいです」

「お前さぁ……」

既に素手で金色の球体を掴んでいるルミナを見て、ソルドは深い溜息をついた。

「ほら、ソルドも持ってみてください！」

「はいはい。人間なら大丈夫――っ!?」

呆れながらもルミナから渡された金色の球体を持ってみると、ソルドの視界が突然暗転した。

五感の消失。それは普通ならば死以外では味わわない感覚だった。

一瞬パニックになりかけたが、ソルドは自分に思考能力が残っていることを自覚すると冷静に状況を把握しようと努めた。

身体の感覚がない。いや、違う。意識して感覚を研ぎ澄ませれば、自分が固い何かの上にいることは理解できる。

それに微かに声も聞こえる。

「……ルドが消え……」

「……んぱい！　……こいったん……」

途切れ途切れではあるが、ルミナとトリスの声が聞こえた。

どうやら五感が失われたわけではないらしい。

ソルドは再び感覚を研ぎ澄ませる。

すると、目が見えているわけではないというのに、その場にいるルミナとトリス、周辺の空間の様子を把握することができた。

そして、ようやく自分がどういう状態になっているのかも理解することができた。

『嘘、だろ……！』

信じられないことに、ソルドは剣になって床に横たわっていたのであった。

それからソルドが元の人間の姿に戻るまで十分ほどかかった。

「つまり、アレか。俺は人間じゃない、と」

ソルドは自身が剣に変化してしまったことを受け入れていた。普通ならば信じられない現象ではあるが、ファンタジーRPG基準で考えればそのくらいのことはあるだろうと思っていたのだ。

金色の球体に触れてしまった瞬間、ソルドの肉体は光の粒子となり、眩《まばゆ》い輝きを放って剣へと変わってしまった。

当然、そんなものはこの世界基準で見れば非常識極まりない光景である。

「簡単に納得しないでくださいよ！」

「アチキはそのほうが納得いくッスけどね」

いまだに混乱しているルミナに対して、トリスのほうはどこか納得したように頷いていた。

「だって先輩、武器を持ったらその武器がどう戦えばいいか導いてくれるって言ってたじゃないスか」

「いやぁ、訓練すれば普通にそのくらいできるもんだと思ってて」

「どう考えても普通じゃありませんよね!?」

ルミナの言う通り、これは異常なことである。

ソルドは転生者ということもあり、普通ならあり得ないことも「まあ、ファンタジーRPGの世界だしな」で片づけていた節があった。

「やっぱり異常だよなぁ……まあ、俺が人間じゃない特殊な肉体の持ち主ってことならいろんなことに納得がいく」

そもそも人間が光に分解されて別の物体に変化するなどあり得ないことだ。

やはり安直な思考で結論を出すのはよくない。原作での出来事に興味がなかったとはいえ、自分の異常性をファンタジーRPG世界への転生者だからと片づけていたことをソルドは深く反省した。

「とりあえず、ソルドのことも含めてレグルス大公へ報告が必要ですね」

「ああ。ひとまずそのヤベー玉はルミナが持っててくれ」

「わかりました」

ルミナは金色の球体を布で包んでから、腰のポーチにしまった。

「あっ。天井まで続いてる梯子《はしご》があるッスよ！」

トリスは壁際にあった梯子を指さす。

老朽化はしているだろうが、石造りのしっかりとした梯子だ。これで上に登れる。

「梯子を使わなくてもトリスなら天井まで飛べばいいのでは？」

ルミナの一言にトリスの表情が曇る。

トリスは獣人であり、身体能力は高い。鳥の獣人は飛べるため、ルミナの疑問も間違いではない。

「ルミナ……お前。ホントそういうとこだぞ」

「えっ。わたくし何かやってしまいましたか？」

心底不思議そうにしているルミナを見て、ソルドは思わず溜息をつく。

「あのな。鶏って空を飛べると思うか？」

「あっ……」

ルミナはようやく自分の失言に気がついた。

「……本っ当にごめんなさい」

「いいんスよ。皇女殿下に悪気がないのはわかってるッス」

深々と頭を下げるルミナに対して、トリスは苦笑するしかなかった。

◆◇◆◇◆◇◆◇◆

遺跡での調査も終わり、成果も上々。

トリスは調査団の護衛任務があるため、他の護衛部隊員と共にエリーン遺跡へと残った。

現在は馬車に乗って、王都への帰路についているところである。

そんな中、ルミナはホクホク顔で馬車に揺られていた。

「うふふふ……まさか遺跡でお宝を発見するなんて思ってもみませんでした」

「素手でベタベタ触んな」

金色の球体を宝物だと認識したのか、先ほどからルミナは金色の球体を撫でたり、握ったり、持ち上げてみたりしていた。

「動物をバケモノに変える玉なんて聞いたことないぞ」

ソルドは怪訝な表情で金色の球体を見つめている。

結局、金色の球体の正体は不明のままだ。

しかし、それがただのお飾りの遺物でないことは明らかだった。

「ソルドは剣になってみてどうですか？」

「力がみなぎってきた感覚はあったな。その玉に込められた力が人智を超える力なのは間違いないだろ」

不可思議な力を手に入れたばかりだというのに、ソルドは自然と力を使いこなしていた。

意識して力をこめると右腕だけが熱を帯び、その姿を刃へと変化させる。

「ほら、腕だけ剣にできた」

「人間卒業おめでとうございます」

「うるさい」

ルミナの言葉にソルドは眉間にシワを寄せた。

「とにもかくにも、おっちゃんには報告が必須だ」

ソルドとしてはレグルス大公に報告しなければならないことと同じくらい、聞きたいことが山ほどあった。

いまだ情報の掴めない日蝕の魔王や日輪の勇者。それと自分が無関係だとは到底思えなかったからである。

原作ゲームのシリーズタイトルは『ルミナの聖剣』だ。

タイトルからして主人公であるルミナの御付きの騎士であるソルドが剣になる異能を手に入れた。

ソルドが無関係だと考えるほうが不自然である。

「うっかりレグルス大公が触ったら大惨事ですね」

「フラグ立てんな、ドジッ皇女」

「誰がドジッ皇女ですか！」

「悪い。今は鏡持ってきてないから自覚しづらかったか」

「打ち首ィ！」

ぷんすか怒るルミナを尻目に、ソルドは安全運転で帝国城まで手綱《たづな》を握り続けるのであった。

◆◇◆◇◆◇◆◇◆

レグルス大公の執務室の前ではソルドとルミナが緊張した面持ちで扉を開けるのを躊躇っていた。

「そ、ソルド？　騎士とは主を守るための存在です。ここは先に扉を開けて中に入るべきかと」

「いえいえ。ここは帝国城の中でも安全とされる獣人官僚レグルス大公の執務室でございます。危険などあろうはずもございません」

「万が一ということもあります！　ささ、騎士として先に入ってください」

「何をおっしゃいますか。皇女より前に官僚の部屋に入る騎士がどこにいるというのです」

「ごちゃごちゃ言ってないでさっさと入りなさい！」

「その言葉そっくりそのまま返してやるよ！」

勝手に書類を放り出して遺跡調査に出かけたことでお説教は確実。

怒られるのはわかっているというのに、この期《ご》に及んで二人は情けない擦《なす》り付け合いをしていたのだった。

「二人共、いるのはわかっています。早く入ってきてくださいまし」

「「はい……」」

執務室の扉が開き、呆れ顔のクレアが顔を出したことで、二人は観念したように執務室へと入っていった。

「只今戻りました」

「……よくぞ無事で戻られましたな」

レグルス大公は静かな口調で告げる。それだけでソルドとルミナのほうがビクッと震えた。

その一言を発してからレグルス大公が黙りこくってしまったため、沈黙に耐えきれなくなった二人は同時に頭を下げた。

「「申し訳ございませんでした！」」

勢いよく頭を下げた二人を見て、レグルス大公は溜息をつく。

「まったく……今後はこのようなことがないよう気を付けてくだされ。肝が冷えましたぞ」

「はい。もう勝手な行動はしないようにいたします……」

ソルドとルミナが反省しているのを見届けると、レグルス大公は表情を和らげる。

彼は最初から怒ってなどいなかった。ただ純粋に二人の身を案じていたのだ。

それを理解した途端、ソルドはいつものように肩の力を抜くとレグルス大公の隣まで行き、バシバシと肩を叩いて笑った。

「なんだよ。怒ってないのなら最初からそう言ってくれればいいのに」

「よーし、ソルド。お前は今から説教だ」

ソルドの反省の見えない言動に、レグルス大公が額に青筋を浮かべたのは言うまでもない。

「ソルドって頭は良いのにバカですよね」

「まあ、そこがソルド様の良いところですから」

正座させられてレグルス大公に説教をされるソルドを見ながら、ルミナとクレアは苦笑するしかなかった。

それから数分後、説教から解放されたソルドは自作スイーツを持ってきてからエリーン遺跡での報告をしていた。

「なるほど。その金色に輝く宝珠が鼠をバケモノに変貌させ、ソルドも剣になる異能を得たというわけか」

神妙な顔でレグルス大公はフルーツタルトを頬張り、クレアの淹《い》れた紅茶を口に含む。

「ちなみにそのフルーツタルト、果物はこれで切ってみた」

「げほっ、けほっ……！」

器用に人差し指だけを剣にしてみせたソルドを見て、レグルス大公は激しく咽《むせ》る。

「使いこなすのが早すぎるだろう！」

「剣の扱いに関しては自信があるからな」

「……まあ、ソルドなら仕方あるまい」

「それで納得できてしまうあたり、ソルドって本当に常識外れな存在なんですねぇ」

これまでのソルドを見てきたルミナはレグルス大公の反応に納得するほかなかった。

「ソルド様はそもそもがこの世界の理《ことわり》から外れたお方ですから」

「クレア、それはどういうことですか？」

その言葉にルミナは興味を示す。その反応を見て、クレアは困ったように笑って告げた。

「ソルド様は異世界からの転生者なのです」

「へ？」

理解不能なクレアの発言に、ルミナは目を点にして間抜けな声を漏らした。

◆◇◆◇◆◇◆◇◆

「転生者、原作ゲーム？　私が主人公…………（:∇）パァ」

「この反応が普通だよなぁ」

「普通ではないと思うぞ」

ソルドが自身の生い立ちを話した結果、ルミナはその情報量の多さに頭から煙が出んばかりの勢いで呆けていた。

「転生者云々はともかく、俺の出自の件は気になってたんだ。『ルミナの聖剣』ってゲームタイトルの世界で剣になる異能を得た皇女付きの騎士。これってやっぱり原作と無関係じゃないだろ」

「そうだな。余も同意見だ」

レグルス大公もソルドの考えに神妙な面持ちで頷く。

「それにソルド。お前は鍛冶師の一族〝エンヴィル〟の生き残りだ」

「エンヴィルって、確か帝国に国宝級の武具を納めるという実在するかわからない一族ではないですか！」

「ええ。一部の官僚しかその存在は知りませぬ。ある意味、帝国にとっては武力の要《かなめ》とも言える存在ですからな」

ルミナが驚愕する中、レグルス大公は淡々と話を続ける。

「下手人《げしゅにん》は反帝国派の獣人達だ。……もう少し到着が早ければ、ソルド以外にも隠れ里の者達を救えたのだが」

「過ぎたことを言ってもしょうがないだろ。俺は生きてるんだから気にすんなって」

前世から両親と折り合いの悪かったソルドにとっては、物心ついたときから自分の面倒を見てくれたレグルス大公やクレアこそが家族なのだ。記憶にない転生してからの同胞のことを謝られても実感がないのである。

「それよりも、問題はこの宝珠だ。どう考えてもこれが〝日蝕の魔王〟誕生に関わってるだろ」

湿っぽい空気を嫌ったソルドが話題を遺跡で見つけた宝珠へと切り替える。

「皇族に伝わる宝珠……それがそうなのか」

「おっちゃん何か知ってんのか？」

「いや、何も知らぬ。余は探ることすら許されておらん」

苦い表情を浮かべるレグルス大公に、ソルドはまたヴァルゴ大公に何か言われたんだと顔をしかめる。

「おっちゃんが探ることすら禁じられてるってんならルミナと俺で調べるしかないな」

「なるほど。それを〝仕事場〟でうっかり話してしまうこともあると」

「小声でも獣人の聴力だったらワンチャン聞かれちゃうかもしれないけどなぁ」

わざとらしいやり取りをすると、ソルドは険しい顔で宝珠を睨む。

「とにかく、こんな重要な遺物を一度国に預けたらそうそう持ち出せない」

「ソルド、ネコババはダメですよ？」

「違う！　一回、有識者に鑑定してもらうんだよ。俺の身体も込みでな」

宝珠のことも気がかりだが、自身の肉体が剣へと変化した件も謎に包まれている。

「人間と違って獣人には長命な種族もいる。文献に残されていないようなことだって知っている可能性はある」

「そうか。ギャラパゴス殿なら何か知っているやもしれん」

「ギャラパゴス？」

聞き覚えのない名前にルミナは首を傾げる。

「亀の獣人で、今年で三百歳になるこの国の生き字引きのようなお方ですぞ」

獣人街に住む亀の獣人ギャラパゴス。歴史の知識において彼の右に出る者はいない。

何せ文献で学んだ者と違い、彼はまさに歴史の生き証人なのだ。

「三百歳って帝国ができるより前から生きていることになりませんか？」

「ああ。当時はバリバリの戦士で、人間との戦争のときは前線に出てたらしいぞ」

「……わたくしがお会いしても大丈夫なのですか？」

ルミナは皇族の血を引く者。つまり、ギャラパゴスにとっては同胞の仇の代表者もいいところなのだ。

そんな存在がいきなり訪ねてきて良い気はしないだろう。

不安そうな顔をしているルミナに対して、ソルドはあっけらかんと告げる。

「大丈夫だろ。あの人、種族問わず美少女大好きなスケベジジイだし」

「えぇ……」

予想外のソルドの反応に、ルミナはただただ困惑していた。

「ま、長いこと生きていると俺達とは違うものも見えてくるってことだ。もちろん、デリカシー皆無な発言は慎めよ」

「うっ……肝に銘じておきます」

直近で、トリスに飛べないのかと尋ねてしまったこともあり、ルミナは苦虫を噛み潰したような表情を浮かべる。

「そういうわけだからおっちゃん。俺達、また出かけてくるわ」

「日蝕の魔王が関わってくる案件だ。仕方があるまい」

深い溜息をつきながらも、レグルス大公は二人が獣人街へと向かうことを了承した。

「あれ。私も一緒に行っていいんですか？」

「お前以外触れないんだからしょうがないだろ。ほれ、早く準備しろよ。宝珠専用掴み機」

「打ち首ィ！」

慌ただしく執務室を出ていく二人を眺めながらレグルス大公は呆れ、クレアは苦笑する。

「まったく、あの二人は……」

「帰ってきたばかりだというのに忙しい方達ですね」

そう言ってクレアはソルドの作ったフルーツタルトを齧《かじ》る。

「うふっ、おいしい……」

そして、穏やかな笑みを浮かべると少し冷めた紅茶を啜《すす》るのだった。

第3章　目に見える者は偽り

風の噂で知ったが、旦那が亡くなったらしい。
いや、正確には旦那ではない。
かつて愛した男という表現が正しいだろう。

[次のページへ↓]

娘はまだ幼い。
だから私が守らなければならない。
たとえ、この身が朽ち果てようともこの子だけは守ってみせる。

[次のページへ↓]

職を求めて獣人街にやってきたが、思ったよりもここは過ごしやすい場所だった。
むしろ、人間の街で虐げられながら暮らすよりよっぽどいいくらいだ。

アルデバラン侯爵とレグルス大公がいなくなってから、ここの獣人の立場はより悪くなった。

おかげで獣人街の治安も酷くなる一方だ。

今はただ少しでもこの国が良くなることを祈るしかない。

[次のページへ↓]

エリダヌスという胡散臭い官僚は今日も視察と言って獣人街へとやってくる。

だが、奴は信用できない。

獣人相手に、血と腐った肉のような臭いを香水で誤魔化せると思っている愚かさで官僚がやれているのだから驚きだ。

こんな奴でも獣人にとっては数少ない味方である。

[次のページへ↓]

[次のページへ↓]

最近、ちょくちょくニャルミという猫の獣人の女の子が遊びに来るようになった。

天真爛漫な女の子で見ているだけでも癒される。

訳ありの子だということは重々承知のうえだ。
獣人街は脛《すね》に傷のある人間が獣人の振りをして暮らしていることも往々にしてある。
私としては、娘とも友人になってくれてありがたい限りだ。
たとえ、その頭にある猫耳が偽物だとしても。

[次のページへ↓]

最近、疫病が流行《はや》っているらしい。
獣人街では症状が出ている人を見かけないから人間にしか感染しないのだろうか。
まあ、自分達に被害がないのなら関係のない話だ。

[次のページへ↓]

疫病の影響は帝国城の中でも出ているらしい。
どうやら高位の官僚が何名か亡くなったとのこと。
改めて思う、人間は弱い生き物だ。

[次のページへ↓]

病気が蔓延すると人の心も荒《すさ》む。

今日は帝国騎士がやってきて「疫病は獣人が流行らせた」といちゃもんをつけてきた。

エリダヌスとかいう官僚も昔は獣人のためにと言って生活の支援をしてくれていたのに、最近では獣人を虐げる側に回ってしまった。

やっぱり人間は信用できない。

［次のページへ↓］

風の噂で脱獄したレグルス大公が生きているという話を耳にした。

伝説の雄獅子の獣人たる彼は獣人の希望だ。

きっと、この状況だって何とかしてくれるに違いない。

［次のページへ↓］

人間の兵士が獣人街へと押し寄せてきた。

夜だからか松明の炎が遠目でもよく見える。

物騒なことにならなければいいけど。

――焼け焦げて、この先は読めない。

※『ルミナの聖剣 時のグリモア』――獣人街跡・〝焼け落ちた民家に存在する日記〟より抜粋

◆◇◆◇◆◇◆◇◆

早朝、帝国城を出たソルドとルミナは獣人街に入る前にトリスと合流していた。

「調査団の護衛任務のほうはよかったのか？」

「ライ君達がいれば護衛としては十分ッス。それよりも先輩がいるとはいえ、皇女殿下の護衛に人手があるほうが大事ッスから」

「お前、絶対こっちのほうが楽しそうだから来ただろ。いや、助かるけども」

トリスはルミナの勅命という形で直々《じきじき》に呼び出されていた。

獣人街を内密に視察するため、現地に詳しい獣人の兵士が必要。そんなお題目で伝書鳩が飛んできた結果、トリスは急いで護衛任務を部隊の者達へと引き継いで獣人街へとやってきたのだ。

「それじゃ獣人街の案内は任せた」

「了解ッス！」

ソルドの言葉にトリスは元気良く返事をした。

「獣人街って、どのような場所なのですか？」

「獣人が多く住んでるだけで他の街とそんなに変わらないぞ。ちっとばかし治安は悪いが、俺やトリスがいるから安心しろ」

この街はその名の通り多くの獣人が暮らしているため、獣人街と呼ばれている。

城下町ではあまり獣人を見かけることがないのは、獣人街という獣人にとって城下町よりもまだ住みやすい環境があるからである。

「そうだ皇女殿下――」

「ルミナでいいですよ」

トリスが思い出したように何かを言おうとしてルミナに遮られる。

名前で呼んでほしい。一見、微笑ましく見えるやり取りだが、獣人兵団所属のトリスが帝国第一皇女であるルミナを呼び捨てにすることは不敬に値する。

トリスとしては、素直にルミナの要求を聞き入れることには抵抗があった。

「うーん……」

「別に人がいないときくらいいいだろ」

見かねたソルドが助け船を出す。

「そうですよ。それに不敬かどうかを気にしてたらソルドなんて何度打ち首になっているかわかりません」

「そうそう。こんなじっとしてることもろくにできないポンコツ皇女に敬意なんて払うだけ無駄だぞ」

「打ち首ィ！」

いつもの容赦ないソルドの不敬発言に怒りを露《あらわ》にするルミナ。そんな二人のやり取りを見て吹き出すと、トリスはルミナに笑顔を浮かべた。

「わかったッス。二人と一緒のときは友達として接するッスよ、ルミナ」

「ええ。これからよろしくお願いしますね、トリス！」

初めて友人ができたルミナは弾けるような笑顔を浮かべた。

「そうだ、話を遮っちゃってごめんなさい。さっきは何を言おうとしたんですか？」

「ああ、軍の鎧を着てるアチキ達はいいッスけど人間は獣人街じゃ浮くッス」

獣人の中には人間から不当な扱いを受けた者も多く、人間に良い感情を持っていない者も多い。暴力は振るわれずとも、軽んじられることはあるだろう。

「そこで、これを作ったッス！」

トリスは自慢げにあるものを取り出した。それは猫の耳がついた黒いウィッグだった。

「これは猫の耳を模したウィッグでしょうか……」

「はいッス。被るだけ、お手軽獣人変装セットッス！」

「手軽すぎるだろ」

獣人には人間との交配が進んだことで血が薄まっている者も大勢いる。

見た目はほとんど人間と変わらず、部分的に特徴が出ている者に成りすますには猫耳ウィッグは悪くない手ではあった。

「耳はどうすんだよ」

「うまく隠してくださいッス」

ご丁寧に髪をまとめるネットまでトリスは取り出してくる。

「ルミナは髪もカラフルッスからね。二重のカモフランベッス」

「カモフラージュな。急に鴨《かも》を調理するな」

ルミナはトリスの言葉に怪訝な表情を浮かべる。

「わたくしってそんなにカラフルな髪色をしてないと思うのですけど」

ルミナの髪色は鮮やかな琥珀色をしているが、単色のためカラフルという表現は適切ではない。

お互いの認識のズレに二人が首を傾げていると、ソルドが口を開いた。

「人間と獣人じゃ色の見え方が違うことはよくあることだぞ」

「どういうことですか？」

「鳥がそうであるように、鳥の獣人も視力が人間よりもいい。それは遠くまで物が見えるだけじゃなくて、見える色にも言えることなんだ」

人間は赤、緑、青の三種類の色覚判別をする錐体細胞を持つが、鳥類は赤、緑、青に加えて四種類以上の錐体細胞を持つことが多い。

鳥類の色覚には、赤、緑、青のほかに紫外線領域を認識する錐体細胞が含まれる。それによって、見える色が人間とは異なるのだ。

「簡単に言うと、トリスには俺達が見えている色に加えて紫外線も見えてるってことだ」

「シガイセン？」

この世界では紫外線という概念がないため、ソルドはどう説明するか考え込む。

「……人間の目には見えない太陽の光に含まれるものだよ。長時間日の光に当たってると肌が日焼けするだろ。あれの原因の一つだ」

「だから人間の人って普段肌が出てるとこだけ色が変わったりするんスね」

納得した様子でうんうんと何度も相槌《あいづち》を打つトリスだったが、おそらく数分後には忘れているることだろう。

せっかく説明したのに忘れられるのも癪《しゃく》だったため、ソルドはより詳細に説明を始める。

「遺跡の地下でもトリスは鼠の場所がわかってただろ。あれも鳥の獣人だからこそできる芸当だ」

「どういうことッスか？」

「鼠道。あれは鼠の尿の跡だ。鼠の尿には発光物質が含まれていて紫外線を吸収しやすい。それがトリスには見えてたってわけ」

「コケぇ……さすが先輩ッス。物知りッスねぇ」

得意げに前世で学んだ知識を披露するソルドに対し、トリスは感嘆の声を漏らしていた。

悲しきかな、ソルドがここまで説明したことも数分後には忘れているトリスであった。

「そうだ。変装だけじゃなくて、偽名も使ったほうがいいぞ」

「皇女ってだけで狙われるリスクも減らしておきたいッスからねぇ」

「なるほど……」

騎士のソルドや獣人兵団所属のトリスがいるため、ルミナの身の安全は確保されている。

しかし、万が一ということもある。用心しておくに越したことはない。

ソルドの提案に、ルミナは真剣に考え込み始めた。むしろ真っ先に考えろという話ではあるが。

「では、街に着いたらわたくしのことはルミニャと呼んでください」

「カスみたいなネーミングセンスやめろ」

「うーん、ではニャルミでどうでしょう！」

「カスぅ……」

名前の類似性効果。

人は偽名を選ぶとき、無意識に自分の名前に似たものを選ぶことがあるとはいえ、ルミナのはあまりにも安直すぎる。

「まあ、名前自体は可愛いからいいじゃないスか」

「違う、そうじゃない」

トリスのズレたフォローにソルドは頭を抱える。

ルミナ付きの騎士になってからというもの、振り回されることがやたらと増えた。

「楽しみです、獣人街！」

「不安しかない……」

そろそろレグルス大公が恋しくなってきたソルドであった。

◆◇◆◇◆◇◆◇◆

門をくぐって獣人街に足を踏み入れたルミナは目を輝かせる。

「ここが獣人街……！」

右を見ても獣人、左を見ても獣人。人混み全てが獣人で形成されている様は城内で暮らしてきたルミナにとっては新鮮な光景だった。

建ち並ぶ屋台から飛び交う活気ある声。行き交う獣人達は人間よりも体格が良く、ルミナの低い身長ではすぐに埋もれて見えなくなってしまうだろう。

「ニャルミ、離れるなよ」

「わーい！」

「離れるなって言ってんだろ」

「ぐえっ」

騎士というより完全に保護者のソルドは、興奮を抑えきれず駆け出そうとするルミナの首根っこを掴む。首が締まり、蛙が潰れたような声が口から漏れる。

「先輩、容赦ないッスね」

「遺跡での独断専行から学んだんだよ。こいつから目を離すとろくなことにならん」

「うっ……」

ソルドの言葉に、ルミナは反論できずに押し黙る。

「次やったらマジで首輪付けるぞ」

「打ち首ィ……」

ソルドの本気を感じ取ったルミナはうなだれる。先ほどまでの元気はどこへ行ったのか、文字通り借りて来た猫のように大人しくなった。

「とりあえず手でも繋いでおいたほうがいいんじゃないスか？」

「わたくしは迷子ではないのですが」

「迷子五秒前の奴が言っても説得力ないな……ほれ」

ソルドの言葉に、むっと頬を膨らませるルミナであったが、ソルドの手が伸びてくると、おずおずとその手を握り返した。

「よ、よろしくお願いいたします」

初めて触れる男性の手の感触にルミナは顔を赤く染めながら小さく呟く。その様子は猫耳ウィッグを被っていることもあり、まるで小動物のような愛らしさがあった。

「役得ッスね先輩」

す。

「……うるせ」

二人のやり取りを横目に見つめるトリスはニヤリと笑い、ソルドは恥ずかしそうに視線を外す。

ソルドはルミナと繋いだ手に少しだけ力を込めた。

「さあ、屋台を見てまわりますよ！」

「はいはい……」

結局、ルミナの圧に押し切られたソルドは彼女の歩幅に合わせて歩き出す。

すると、屋台のほうから声がかかった。

「おう、そこの猫の嬢ちゃん！　肉串買っていかないか!?」

「うわぁ！　おいしそうですね！」

「ははっ、涎《よだれ》が出てるぜ！」

熊の獣人である店主は豪快に笑うと、串焼きを差し出してくる。

「猫の嬢ちゃんは可愛いからサービスだ」

「いいんですか!?」

熊店主から受け取った肉串に、ルミナは躊躇《ちゅうちょ》なく齧りつこうとして止まる。

「はい、ソルド」

そして、隣にいるソルドの口元へと肉串を差し出してきた。

「ああ、そういうことか」

ルミナは普段、毒見が終わった食べ物を口にしている。屋台で買った物を口にするのは抵抗があるのだろうと判断したソルドは躊躇いなくルミナの差し出した肉串を食べた。

「うん、うまいな」

「むぅ……」

満足げに咀嚼《そしやく》するソルドに対し、ルミナは不満そうに頬を膨らませていた。ルミナとしては自分ばかりがソルドに動揺させられているようで面白くなかったのだ。

手を握るときの仕返しが失敗したルミナはヤケクソ気味に肉串へと齧りついた。

「はっはっは、仲がいいんだな！」

「見せつけちゃってくれますねー」

そんな二人の様子を、熊店主とトリスは微笑ましげに眺めていたのだった。

「すまない、肉串を二本くれ」

「まいど！」

肉串に夢中になっているルミナを横目にソルドは財布を取り出し、自分とトリスの分の肉串を購入する。

チップも込みの料金を払うと、熊店主は驚いたように目を見開いた。

「騎士の兄ちゃんは……人間、だよな？」

「じゃなきゃ騎士なんてやってないよ」

「そりゃそうだ。あんた、変わってるなぁ」

人間は獣人相手に舐めた態度を取ることが多い。中には獣人が人間に手を出せないのをいいことに代金を踏み倒してくる者もいるほどだ。

熊店主がソルドと共にいるルミナに声をかけたのも、鎧からして騎士という立場にあり、獣人兵であるトリスも共にいるため無茶をしないと踏んでのことだった。

「チップをもらうのは初めてだったか」

「人間からはな」

ソルドの問いに対し、熊店主は肩を竦めた。

「しっかし、騎士様がこの街に来るなんて珍しいな。事件でもあったのか？」

本来、人間である騎士が獣人街に理由もなくやってくることはない。

獣人街は罪を犯した人間の隠れ蓑《みの》としても都合がいい。そのため、城下町で指名手配されていた者が獣人街にいるというのはよくある話である。

騎士が来るときはそういった犯罪者を追って来ることがほとんどなのである。

「別にそんなんじゃない。俺は昔レグルス大公に拾われた縁があって獣人街のほうが馴染みがあるだけだ」

「ほぉ！　あの獣王様に拾われたのか！」

「獣王様？」

聞き慣れない単語に反応したのはルミナだった。口の端についたタレを舌で拭いながら、不思議そうに首を傾げている姿には皇族の威厳が欠片もない。

「おっちゃ――レグルス大公のことだ。雄獅子の獣人は獣人の王族の血を引いている者から稀《まれ》に生まれてくる伝説の存在だからな」

「それだけじゃねぇさ。獣王様は俺達獣人のため、日々理不尽な待遇にも耐えてこの国を変えようとしているお方だ。俺達獣人にとっちゃ彼こそ王なんだよ」

熱が入ったように語り出した熊店主に眉をひそめると、ソルドは語気を強めて忠告する。

「おい、思うのは自由だが、それは外で口にしないほうがいい。帝国への反逆とみなされるぞ」

「おっと、いけねぇ。騎士の兄ちゃん、今のは内緒で頼むな」

ハッとした様子で、両手で自分の口を塞ぐ熊店主にソルドは溜息をつく。見た目に似合わず可愛らしい仕草をするものである。

「もちろんだ。それに気持ちは理解できる」

獣人達は人間に対する不満が溜まっている。そこを人間の騎士に諌められるのはいい気はしない者も多い。

「ははっ。人間みんなが兄ちゃんみたいな奴だったらいいのにな！」

しかし、熊店主は気にしていないようで、むしろ嬉しそうな表情を浮かべていた。

「褒め言葉として受け取っておくよ」

ソルドは苦笑すると、熊店主に別れを告げて歩き出した。

食べ歩きという行為は一見、行儀の悪い行為にも見えるが、屋台の料理を食べるのもまた一つの文化である。少なくとも獣人街において、こうして歩きながら食べるのはマナー違反ではない。

「……トリスもレグルス大公のほうが王だと思ってたりしますか？」

肉串を食べながら、ルミナは隣を歩くトリスに問いかける。なんだかんだで皇族として、さっきの熊店主の言葉が気になっていたのだ。

「正直、考えたこともなかったッスね」

トリスは腕を組み、真剣に考え込んだ後に答える。

「アチキはアチキに優しい人の味方ッス」

「えぇ……」

ニカッと笑いながら告げた、はぐらかすようなトリスの言葉にルミナは納得がいかなそうな表情を浮かべていた。

「さっきの肉串の店主は主語が大きくなってただけだ。あんまり獣人で一括りにしないほうがいいぞ」

「わかっています」

釘を刺すように言うソルドに対して、ルミナは頬を膨らませる。

「わたくしだっていつまでも世間知らずの小娘ではありません」

「屋台を凝視しながら言っても説得力がない……」

それから屋台を見てまわる度にルミナはあれが食べたい、これが食べたいと言ってソルドの手を引く。そんな様子を一歩下がったところからトリスは微笑ましげに見守っていた。

屋台を見てまわる中でルミナは 店先に吊るされた大きな鼠を見て顔を引き攣らせた。

「獣人って鼠まで食べるんですか……」

「これは食用のやつだから衛生的には問題ない。まるで獣人が鼠ならなんでも食べるみたいな言い方はやめろ」

真っ青な顔をしているルミナを咎めるようにソルドは説明する。

獣人の食性は基本的に雑食だ。トリスが肉串を食べるように、草食動物の獣人が肉を食べることは往々にしてあることである。

もちろん、宗教や味覚の好みは人間と異なることも多いが、そこまで大きく人間と差があるわけではないのだ。

「食用鼠は一時期問題になったッスよね」

しかし、その特性を細かく理解している人間は少ない。

「獣人は鼠も食べるって誤解が広まって、人間の中には雇ってる獣人にそこらで捕まえたドブネズミを食わせた奴もいたくらいだしな」

「理解のない人間の行動は恐ろしいですね……」

人間が獣人に対して行った非道にルミナの顔が曇った。

現在まで帝国内で蔓延っている獣人差別には、こういった人間側の無知や勘違いによって引き起こされたものも少なくない。

両手いっぱいに屋台で購入した食べ物を抱えながらも、ルミナは改めて人間と獣人の隔たりの深さを実感していた。

先ほどトリスは人間に対して憎しみなどないような雰囲気だったが、自分の知らない苦労をしていたのかもしれない。そう思うと、ルミナはトリスに優しくしたい気分になっていた。

「トリス、お一つどうですか？」

ルミナは屋台で購入した食べ物をトリスへと差し出す。

「おお、いただき——おおう……」

喜んで受け取ろうとしたトリスだったが、差し出された食べ物を見て複雑そうな表情を浮かべた。

「こら、ノンデリ猫娘。鶏の獣人に鶏の唐揚げを差し出す奴があるか」

「ああ!?　ごめんなさい！」

いくら獣人の食性が雑食だと言っても同種の肉を食らうことには精神的な抵抗があることは明白。

無理解とは恐ろしいものである。

「先輩、なんか一周回って可愛く見えてきたッス」

「自慢の視力が人間以下に落ちたな」

恨み言の一つも言わずに笑顔を浮かべているトリスに、ソルドはなんとも言えない表情を浮かべた。

「そ、そうだ、ソルド！　あちらの裏通りのほうには何があるのですか？」

なんとか話題を変えようと、ルミナは裏通りのある一角を指さした。

そこは普段、表通りにはない怪しげな店が並んでおり、表通りを歩く獣人達はあまり近寄らない場所であった。

「脛に傷のある人間や獣人達が開いてる店が並んでる。あっちは治安が悪いから行かせられないぞ」

「どんなお店があるのですか？」

ソルドは露骨《ろこつ》に嫌そうな表情を浮かべるが、好奇心旺盛なルミナは構わずに質問する。

「……盗品蔵や偽造通行手形の発行所、本の汚し屋とかもあるな」

「最初の二つはともかく本の汚し屋って、そんなの誰が頼むのですか？」

あまりにピンと来ない答えだったため、ルミナは思わず聞き返してしまう。

そもそも本は本来生活には必要ではない贅沢品である。それをわざわざお金を払って汚してもらうなんて、酔狂なことを考える者がいるとはルミナには思えなかった。

「適当な内容の本を価値のある歴史書や文献って偽って売り捌いたりするんだ。他にも書類の類なら何でも偽造できるぞ。まあ、限定的だが一定の需要はあるみたいだ」

「いや、犯罪じゃないですか！」

ソルドの話を聞いていたルミナは驚きの声を上げる。

「いや、本の汚し屋は本や書類を古めかしく加工しているだけ、売り捌いた奴は勘違いするような言い回しで売りつけただけだ。残念ながらタチが悪いだけで犯罪にはならないんだよ」

苦い表情を浮かべると、ソルドは溜息をつく。

「だが、犯罪の温床になっているってのは否定しないけどな」

「どういうことですか？」

「闇金ダスマックの件、覚えてるか？」

「報告書にあった名前ですね。確か、身に覚えのない借用書を使って取り立てを行う悪質な詐欺師でしたっけ」

なんだかんだで記憶力の良いルミナは最近報告に上がっていた内容を口にする。

「ルミナ、身に覚えのない借用書をどうやって作っていると思う？」

「うーん、身に覚えがないということは偽造しているでしょうし……あ」

「そういうことだ」

昔からある書類というだけで真新しいものよりは信憑性が増す。それに加えて筆跡や印鑑を精巧に真似られてしまえば、親や祖父母の代のものだという風に言い切られてしまうのだ。

「ですが、印鑑や筆跡はどうするのですか」

「獣人街にゃ星の数ほどスリがいるんだ。腕のいい奴と組めばどうとでもなる」

「あのアルデバラン侯爵が邦主を務めていたのに、そんなことが……」

これに関しては、アルデバラン侯爵も頭を悩ませていた事案である。

そして、これは今後のルミナも向き合わなければならない問題だった。

「ここじゃスリと同じくらい詐欺も日常茶飯事《にちじょうさはんじ》だ。騙されるほうが悪いってのは常識なんだよ」

「ちなみに先輩は歴史書好きだったッスから何度か引っかかってたッスよね？」

「しょうもないことを思い出すな」

勉強嫌いではあったものの、単純にこの世界の歴史には興味があったソルドは何度も歴史書を購入し、それが偽物であることに落胆していた。

同じ部隊に所属していた頃は、よくトリスにその手の愚痴をこぼしていたのだ。

「大体、普段から自分で鳥頭とか言っているけど、お前本当は――」

「冷たいミルディはいかが！」

ソルドの声を遮り、元気な牛の獣人の女性の声が響いた。

声のほうを見ると、木製のテーブルの上に瓶が置かれている。声の主である牛の獣人の女性は大きな乳房を揺らしながら客寄せをしていた。

「ミルディ？」

「獣人街の名物だ。栄養価が高くてうまいんだ」

ミルディとは、大麦の発芽前の栄養素がたっぷりと詰まった麦芽飲料に牛乳を混ぜたものだ。

「先輩はミルディ大好きッスもんね」

「俺はこれで強くなったと言っても過言」

「なるほど、ソルドの強さの秘密はこれに――って、過言なんですか……」

一瞬ミルディの効果を過信しそうになったルミナは呆れた表情を浮かべた。

「そこの騎士様！　おっぱい――じゃなかった。いっぱいどうですか？」

「とんでもない言い間違いやめろ。てか、わざとだろ」

「うふふっ、なんのことでしょう？」

売り子の女性は獣人としての血が薄いのか、耳と尻尾以外はほとんど人間と同じ見た目をしている。獣人、人間を問わず人懐《ひとなつ》っこい笑みを向ける女性に誘われるがまま、ミルディを購入してしまう男性は多いだろう。

決して胸に釣られたわけではない、と口々にミルディを購入した男性は口にするので、お察しである。

「お姉さん賢いッスね。その言い間違いをすると、男連中はエッチな妄想しちゃうッス」

「特に人間は獣人への理解が低い。牛の獣人だからこの人から出た牛乳が入っているんじゃないかと思ったら買わずにいられないってわけだ。商売としては理にかなっているように見えるが、男はそんなに単純じゃない。まったく、舐められたもんだ」

「胸を凝視しながら言っても説得力がない……」

意外と健全な男性的価値観を持っていたソルドに対し、ルミナは冷ややかな視線を送る。

「アチキも結構胸あるッスよ」

「そりゃ鳥の獣人はみんな胸筋あるからな……」

得意げに言うトリスに、ソルドは呆れたように溜息をつく。

「わ、わたくしもスタイルは悪くないはず……」

一方、同年代の人間と比べればスタイルの良いはずのルミナは、獣人特有の身体的特徴の前に打ちのめされていた。

「元々好物だし、決して胸に釣られたわけじゃないがミルディを三つくれ」

「まいど！」

言い訳のような注文をするソルドに笑顔を浮かべて応じると、ミルディ屋さんの女性は羊の腸にミルディを入れ、そこに葦《あし》でできたストローを挿して紐を付けた。

「ミルディ三つお待ちどおさま！」

「ありがとう」

手渡されたミルディを受け取り、ソルドは代金を支払う。

「これがミルディですか……では、早速――」

「待て、先に俺が飲む」

ソルドはルミナよりも先にストローに口を付けてミルディを一口含む。

毒が入っていないか口の中で念入りに味わうと、ようやくルミナへ渡した。

「大丈夫だ、飲んでいいぞ」

「えっ、あの」

「どうした？」

何故か狼狽《うろた》えているルミナを見てソルドは首を傾げる。

「いえ、何でもありません……」

顔を赤くして俯いたルミナは、そのままストローに口を付けてミルディを飲み始めた。

「先輩も大概ノンデリッスよねぇ」

「何がだ？」

女心がわかっていないソルドの行動に、トリスはやれやれと翼を広げて肩を竦めたのであった。

◆◇◆◇◆◇◆◇◆

一通り散策も終わり、ギャラパゴスのもとへと向かっていると騒ぎが起きていた。

普段よりも一際《ひときわ》大きな喧騒の声と人混みを見て、ソルドは瞬時に厄介ごとの匂いを嗅ぎ取った。

「騎士様！　あちらでサイコロ兄弟の喧嘩が起こっているので止めてください！」

案の定、人混みの中から獣人の男性が飛び出してきた。

出っ歯のおそらく齧歯《げっし》類系統の獣人の男性は慌てた様子で助けを求めてくる。

「またかよ……トリス、ニャルミを頼む」

「はいッス」

ゲンナリした表情を浮かべたソルドは喧騒のするほうへと向かう。

獣人街のサイコロ兄弟。サイの獣人の兄弟であるサイオスとコロプスの通称である。彼らとはソルドも顔馴染みだ。

サイコロ兄弟の喧嘩が起きている場では人だかりができていた。

その中心にいたサイコロ兄弟は硬い角をぶつけ合いながら喧嘩をしていた。

「何度も言わせせんな、俺の角のほうが強ぇ！」

「いいや、俺のほうだね！」

言い争いの内容こそ幼稚だが、実際に行われているのは子供の喧嘩では済まない殺し合いに等しいぶつかり合いである。

サイの獣人の肉体は筋肉の上から更に硬質化した鎧のような皮膚に覆われているのだ。

その喧嘩に割って入ることができる者はいなかった——たった一人を除いて。

「喧嘩なら余所《よそ》でやれ」

金属がぶつかり合う音が鳴り響く。

ソルドは鞘《さや》から剣を抜き、左腕のほうは剣に変化させてサイコロ兄弟の角を止めたのだ。

「ゲェ！　ソルドのあんちゃんじゃねぇか」

兄であるサイオスのほうは驚きよりも先に、まずい奴に見つかったという反応をする。

「よぉ、サイオス、コロプス。随分《ずいぶん》と楽しそうだな。俺も交ざろうか？」

ソルドのその笑顔は傍から見れば爽やかなものだったが、ソルドの強さを知るサイコロ兄弟からすれば悪魔が笑っているようにしか見えなかった。

「勘弁してくれ！　お前相手じゃ命がいくつあっても足らん！」

「兄ちゃん、引き上げるよ！」

ソルドの獰猛な笑みを見たサイコロ兄弟はそそくさとその場から退散していく。

それと同時に野次馬達も蜘蛛《くも》の子を散らすように去っていった。

「さっきまで喧嘩してただろ……まさか」

険悪な雰囲気はどこへやら。サイコロ兄弟は仲良く去っていく。

それに違和感を覚えたソルドは慌ててルミナのもとへと戻った。

「ルミナ、無事か!?」

「どうしたんですかソルド。そんなに慌てて」

ルミナのもとへと戻ると、そこには変わらずルミナとトリスがいた。二人共特に変わった様子はない。ルミナの腰に付いているポーチがなくなっていることを除けばだが。

「やっぱり宝珠がスられたか……」

「あっ、宝珠がありません！」

「本当ッス！　ポーチごとやられたッス！」

ルミナとトリスもソルドの指摘で初めてポーチごと宝珠がなくなっていることに気が付いた。

「喧嘩騒ぎは陽動で、目的はスリだったみたいだな」

サイコロ兄弟の喧嘩は騒ぎを起こし、スリが人混みの中で荷物を盗みやすくするためのもの。

スリの犯人から袖の下を受け取っていたのだろう。

勘の鋭いトリスにすら気付かせずに荷物をスったことからもプロの犯行とみていいだろう。

「幸いポーチごとスられたから犯人はバケモノになっていないが、もしあの宝珠に獣人が触れたらやばいぞ」

ソルドの言葉にルミナとトリスの表情が強張る。エリーン遺跡での鼠のバケモノ化を思い出したのだ。

「鼠だからあの程度で済んだんだ。もし獣人がああなってみろ。洒落にならない被害が出るぞ……！」

「まずいです！　早くスリを見つけないと！」

慌ててルミナが駆けだそうとしたときだった。

ビッという亀裂の入る音と共にルミナの穿いていたズボンに切れ目が入った。

「へ？」

そして、ルミナが間抜けな声を漏らしたのと同時にストンとルミナが下半身に身に着けていた衣服が全て足元に落ちた。

「コケェ!?　まずいッス！」

事態を察したトリスがすぐさま翼を広げてルミナの下半身を隠す。

一刻を争う状況だというのに、ソルドはそのままその場に立ち尽くしてしまう。

それから、ぐっと親指を立てて告げる。

「ナイス、ポロリ」

「う、う……打ち首ィ！」

「バカやってないで早く追いかけるッスよ！」

なんだかんだでトリスが一番まともなのであった。

◆◇◆◇◆◇◆◇◆

獣人街の古着屋で新たなズボンと下着を購入すると、三人は聞き込みを開始した。

「時間差でズボンが落ちるように切れ込みを入れていたなんて、手の込んだスリッスね」

「スリに気が付いて追いかけてこようとしたときのための保険だろうな」

「そのおかげでわたくしは大恥をかいたわけですね……ぜぇったいに許しません」

公衆の面前で下半身を晒されたルミナは顔を真っ赤にして怒りに燃えていた。それこそ犯人を見つけた際には打ち首にでもしかねない勢いである。というか、半泣きであった。

「でも、どうするッスか。相手はプロのスリッスよ。そう簡単に見つかるとも思えないッス」

「だよなぁ……獣人街にはスリ自体それなりにいるから犯人の特定も難しいからな」

ソルドとトリスは難しい顔をして唸る。

治安が悪いことが原因でスリの数もそれなりにいる獣人街で自分の荷物をスった犯人を特定するのは困難を極める。

「もしや、猫の嬢ちゃんも同じですかい？」

そんなときポンチョのようなダボッとしたボロ布のような服を身に纏い、瓶底眼鏡をかけた黒猫の獣人女性が話しかけてきた。

ソルドは即座にルミナの前に出ると、いつでも剣を抜ける状態で返答する。

「お前は？」

「こりゃ失敬。あっしは獣人街で薬師《くすし》をしとります。ミールナーという者でさぁ」

ミールナーと名乗った薬師は見たところ耳くらいしか獣人らしさが見受けられない血の薄れた獣人だった。

背中に背負った薬箱から漂う薬草の匂いからして薬師ということに偽りはないだろう。

そう判断したソルドは油断せずに問いかける。

「同じ、ってことはあんたもスリの被害にあったってところか」

「そうなんでさぁ。一張羅を裂かれたせいで股がスースーすらぁ」

指で上着の裾《すそ》を控え目に摘まんでパタパタとはためかせるミールナーに、ソルドの視線が釘付けになる。

「ふんぬ！」

「痛っ!?」

それを見たルミナは頬を膨らませてソルドの耳を引っ張った。それを見たトリスが後ろで呆れたように翼を広げて肩を竦めている。

「それで、なんで俺達に話しかけてきた？」

「協力者が欲しくてね」

ミールナーは八重歯を見せてニヤリと笑う。

「あっし一人で行ってもスリは捕らえられない。でも、あんたらは腕が立つようだし、手を借りたいと思ったんでさぁ」

ミールナーの提案に、ソルドは思案する。

被害者同士手を組むのは悪いことじゃない。ただミールナーが味方とも言い切れない以上、無条件で信頼するのも危険だったのである。

「お前と組む、こっちのメリットは？」

「犯人の居場所を突き止めることができらぁ」

「悪くない条件だな」

それが本当であればの話だが、と付け加えるとソルドは目を細める。

「ま、信じられないのも無理ないわな。じゃあ、被害者の証拠としてこの裾の下を確認するってのはどうでさぁ？」

「よしきた」

「何もきてませんよ」

色仕掛けに容易《たやす》く引っかかるソルドに、ルミナは冷たい視線を向ける。

「どうやって犯人の居場所を特定するんスか？」

　このままでは話が進まないと判断したトリスがミールナーへと尋ねる。

「スリらしき奴にぶつかられたときに反射的に薬をぶっかけたんでさぁ。その薬がこぼれた跡を追えば犯人に辿り着くって寸法よ」

「道にこぼれたのは、もう乾いてるだろ」

「なぁに、心配はいらないよ。何せそっちには鶏の姉さんがいるんだから」

「コケェ？」

　まさか自分に話が振られるとは思っていなかったトリスがきょとんとした表情を浮かべる。

「なるほど、鼠の尿と同じか」

「博識だね、騎士の兄さん」

　ミールナーは即座に理解したソルドに感心したように手を叩く。

「つーわけで、鶏の姉さん。追跡よろしく頼むよ」

「よくわからないッスけど、鼠道と同じ要領で犯人の痕跡を辿ればいいってことッスね！」

　こうしてソルド達はミールナーと協力して犯人を追いかけることになるのであった。

◆◇◆◇◆◇◆◇◆

　トリスがスリの痕跡を辿る中、ソルドはミールナーを観察していた。

　彼女と出会ってから覚えた違和感。

言葉遣いこそ職人気質なべらんめぇ口調だが、一つ一つの所作がどこか上品だったのだ。

先ほど上着の裾を摘まんだときの仕草に加えて、歩き方も歩幅が等間隔で染みついた、教育を感じられるものだった。

もしや獣人の混血というだけで育ちはいいのではないか。そんな疑問を抱いたときだった。

「わわっ」

「おっと、大丈夫か？」

整備が甘い道に足を取られ、躓《つまず》いたミールナーをソルドが瞬時に受け止める。

その光景を見て、猫の獣人なのに随分とドジな人だとルミナは率直な感想を抱く。

「あはは、すいやせん。あっし、おっちょこちょいなもんでして」

「い、いえ。わたくしも人のことは言えませんから」

頭を掻きながらミールナーは恥ずかしそうに笑う。

心を見透かされたような気持ちになったルミナは、バツが悪そうに明後日のほうを向いた。

「おい、ミールナー。これ落としたぞ」

「ああ、こりゃどうも」

「ひっ」

ソルドが拾い上げ、ミールナーが受け取ったものを見て、ルミナは小さく悲鳴を上げる。

「む、虫じゃないですか」

「残念、これはキノコでさぁ」

「もしかして、冬虫夏草《とうちゅうかそう》か？」

「さすがはソルドの兄さん」

ソルドが口にしたキノコの名前にミールルナーはニヤリと笑う。

「トーチューカソー？」

「昆虫に寄生して、その体内で成長するキノコだ」

冬には虫で、夏には草になるから冬虫夏草。

原作の影響か、この世界でも名称はそのままのようだった。

「キノコって……どう見ても虫ですけど」

「よく見ろ、体からキノコが出てるだろ」

「これがいい薬になるんでさぁ」

ミールルナーは得意げに語り出す。

「これは言ってみれば、まさに生命の神秘！　動物に寄生する虫もいれば、虫に寄生するキノコもあります。他者に寄生し命を奪うものが、他者の命を救うものにもなる。そう思うとわくわくしませんか？」

「めっちゃ早口」

薬師を生業《なりわい》にしているだけでなく、本人の趣味も交じっていそうだ。

目を輝かせているミールルナーを見て、ソルドは苦笑する。

「盛り上がってるとこ悪いッスけど今、スリの追跡中なんスよね？」

そして、トリスは会話の輪に入れず珍しく拗ねた表情を浮かべていた。

それから真面目にトリスが追跡していたかいあって、スリのアジトを突き止めることができた。アジトは獣人街の裏通りの入り組んだ道を抜けた奥まった場所に存在していた。

そのため、ソルド達がアジトに到着したときには既に日が暮れてしまっていた。

「ここがスリのアジトッスね」

スリのアジトは一見するとただのボロ小屋だった。

流れるように剣を抜くと、ソルドは扉の前に張り付いてトリスに目線で指示をする。

トリスは黙って頷くと小屋の裏手に回る。

「開けろ、帝国騎士団だ！」

ソルドが合図替わりに声を張り上げる。

中からは慌てて逃げる足音は聞こえず、静寂が辺りを支配する。

「突入するぞ」

ソルドはルミナとミールルナーへそう告げると、扉に力をこめる。

「なっ」

鍵がかかっていなかったのか、来訪者を歓迎するかのように少し押しただけで扉は開かれた。

そして、そこには一人の獣人男性が血を流し、横たわっていたのであった。

◆◇◆◇◆◇◆◇◆

男の目と口は虚《うつ》ろに開いており、既にこと切れていることがわかる。

「こいつ、俺に喧嘩を止めてくれって言ってきた奴だな」

「最初からわたくしが狙われていたということでしょうか？」

「ああ、獣人に騎士と獣人兵が付いてたから怪しまれたんだろうな。くそっ、迂闊《うかつ》だった」

ソルドは悔しそうに顔を歪めると、吐き捨てるように告げる。

「どうやら打ち首にするまでもなかったようだな」

表情を歪めながらもソルドはどうしたものかと思案していた。

騎士として、死体を見つけた以上は調書を作らなければならない。

ただでさえ宝珠の調査という面倒事の最中《さなか》だというのに、面倒事を増やされたことでソルドは溜息をついていた。

「不謹慎ですよ、ソルド」

「ぜぇったい許さないんじゃなかったのか？」

「……それはそれ、これはこれです」

ルミナは祈るように両手を合わせて黙祷する。それを見たソルドはルミナに倣《なら》うように黙祷を捧げた。

「ふむ、どうやら死因は毒物のようでさぁ」

いつの間にか検視をしていたミールナーはそう判断する。ソルドも死体を観察するが、特に外傷はない。

「身分証から容疑者の名前はヨダリス。種族はリスの獣人。使われた毒物は……スーマルキ」

「スーマルキって、確か殺鼠剤だったよな」

「最近、調合に成功したのによく知ってやしたね」

辛《かろ》うじて知っていた原作知識の一つであるスーマルキ。その存在にソルドは首を傾げる。

スーマルキは最新作の発売後に企業とコラボしたアイテムだ。日蝕の魔王すら誕生していない時代でも存在しているものなのか。

そう思ったが、単純にタイミングの問題で既存のゲーム内アイテムとコラボしただけの可能性に思い至った。

「鼠によく効くように調整した殺鼠剤ですが、量の加減ではこの通りでさぁ」

「殺鼠剤って別に鼠だからよく効くってわけじゃないと思うんだが」

本来、殺鼠剤は鼠だけに効く毒物というわけではない。

ソルドの前世で殺鼠剤として知られるワルファリンは、過剰摂取すれば人間すらも死に至る。

ワルファリンは元々殺鼠剤として使われていたが、人には安全に使えることがわかってからは医薬品としても使われている抗凝固薬としての側面を持つ。

つまり、鼠だけを殺す効果を持っているから殺鼠剤と呼ばれているわけではないのだ。

「一般的な殺鼠剤はそうでさぁ」

ソルドの言葉に頷きながらもミールナーは続ける。

「あっし独自の調合で、スーマルキは鼠の体内では毒素が早く回るように作ってるんでさぁ。もちろん、過剰摂取すれば人間にも効きやすすが」

「種族特攻効果付きアイテム的なやつか」

「それは知りませんが」

つい前世のときの感覚で口にした言葉はミールナーに伝わらなかった。

「……まあ、鼠だと特に毒の回りが早いってことはわかったよ」

妙な気まずさを覚えながらソルドは情報を整理するためにミールナーへと尋ねる。

「ミールナー、スーマルキを過剰摂取したとしてどのくらいで効果が出る？」

「二、三日くらいでさぁ」

「ワルファリン……通常の殺鼠剤と同じくらいの効果だな」

ワルファリンは、効果が出るまでに通常二、三日ほどかかる。

もしスーマルキがワルファリンと同様の性質を持つのならば、午前中は生きていたヨダリスが亡くなっているのはおかしい。

「ミールナー。そいつ、本当にリスの獣人か？」

「……いいえ。身分証にそう書いてるだけで実際は鼠の獣人でさぁ」

「やっぱりな」

ソルドは自身の推察が正しかったことを確認して頷く。

「鼠もリスも同じ齧歯《げっし》類。似ている部分もあるから身分を偽るにはちょうど良かったんだろ」

「では、犯人はヨダリスが鼠の獣人だと知っていた者ということでしょうか」

「突発的な犯行ならな」

もしいつ死んでも構わないと思っていたのなら何日後に死のうと犯罪者がいつの間にか死んでいただけ。この獣人街じゃそこまで気にされないだろう。

ソルドが思考に没頭していると、何かに気付いたミールナーが表情を硬くする。

「やられやしたね……これ、あっしが盗まれた荷物にあったスーマルキでさぁ」

「「えっ」」

ミールナーの呟きにソルドとルミナが驚いたように声を上げる。

そんな二人へと、ミールナーは自分の薬屋のマークの入った薬包紙を指で挟んで見せてきた。

「スーマルキは最近あっしが開発したもの。獣人街に殺鼠剤として売り出したとこでやすが、殺人に使われるたぁ思いもしませんで……」

彼女の表情からは罪悪感が滲み出ていた。

人を救うための薬を盗まれ、それを人を殺《あや》めるために使われたのだ。薬師として、これほど悔しいこともないだろう。

「先輩、スリは捕まえたッスか？　ちょうど、他にも被害にあった人と会ったんスけど」

そこへトリスが合流してくる。

彼女の後ろには、恰幅の良い鳥の獣人男性と酒場の従業員らしきディアンドルに身を包んだ人間の女性がいた。

◆◇◆◇◆◇◆◇◆

他のスリの被害者という名の容疑者も集まったことで、ソルドは仕方なく騎士として簡単に事情聴取を行うことになった。

「えー、まずフクロウの獣人で金貸しをしているマーダス・ギルサさんね。あんたは何を盗まれたんだ？」

「財布だ。何やら喧嘩が起きていると聞いてそちらに気を取られている隙にスられたのさ。ほら、そこにある革の財布」

マーダスが指さしたヨダリスの死体の横には、獣人街の人間とは思えないくらい高そうな革の財布が置いてあった。

「やはりズボンも切られたのか？」

「ああ、幸い私には羽毛があるからそこまで問題はなかったがね」

高そうな服に身を包んだフクロウの獣人マーダス。金貸しという職業柄、獣人街ではカモにされやすい金持ちだろう。

服も上着を着ているだけで、羽毛の下からはスラッとした細長い脚が伸びている。とはいえ、これは羽毛を持つ鳥の獣人にとってはそこまで問題になる恰好ではない。

「被害者との関係は？」

「以前、金を貸したことがあったのだよ。利子が膨れ上がって焦っていたのだろうな。それで私から直接金を盗んだのだろう」

「つまり、最初からヨダリスがスリの犯人だと当たりをつけていたわけか」

「そういうことだ」

ひとまず聞きたいことは聞けたため、ソルドは藍色の髪と深紅の瞳が特徴的な人間の女性のほうへと向き直る。

「じゃあ、次だ。酒場のウエイトレスのグルーサさん。あんたは何を盗まれたんだ？」

「私も財布です。あと、幸いスカートは無事でしたが、その……」

「あー、言わなくてもいい。パンツスタイルのニャルミはズボンごといかれてたが、不幸中の幸いだったな」

恥ずかしそうに下を向くグルーサを気遣うと、本題へと移る。

「どうしてここがスリのアジトだってわかったんだ？」

「ヨダリスさんは何度か酒場に訪れた方でして、酔った勢いで何度も自分のスリの腕を自慢していたことを思い出しまして……」

だとしたら、とんでもない間抜けである。

獣人街の酒場など荒くれ者の集いも同義。そのような場所で自身の犯行を自慢するなど、自殺行為だ。

グルーサの明らかにおかしな発言に怪訝な表情を浮かべながらも、ソルドは一旦事情聴取を終えてミールナーへと向き直る。

「それでもって、ミールナーは手荷物をスられて、中にあった殺鼠剤を犯行に使われたわけだ」

「まったく、業腹な話でさぁ」

鼻息を荒くして憤慨するミールナー。彼女からすれば、自身のプライドを著しく傷付けられたと言っても過言ではないだろう。

「トリス、獣人街でヨダリスの正体に辿り着いた奴はいると思うか？」

「どうッスかねぇ。スられたほうが悪いって言われてるくらいッスから、突き止めてまでどうにかしたいって人は少ないと思うッスよ」

ソルドは既に、今回の事件に違和感を覚えていた。

獣人街の治安の悪さは住人もある程度理解はしている。

もちろん、取り返せるのなら取り返すだろうが、獣人街の住人はスリごときでわざわざ正体のわからない犯人のアジトを突き止めるなんてことはしないのだ。

だからこそ、この場にいる人間こそが容疑者なのだ。

「そういうわけだ。俺達を含めてこの場にいる全員が容疑者ってことになる」

「ほえー。相変わらずソルドは凄いですねぇ」

「何で他人事《ひとごと》なんだよ」

アホ面を浮かべているルミナは置いておき、ソルドは状況を整理する。

被害者ヨダリスの死因は、毒物の経口接種による失血死。

使用したら毒はミールナーが盗まれた殺鼠剤であるスーマルキ。

犯人はヨダリスが鼠の獣人ということを知っている人物。

「ミールナー、鼠の獣人がスーマルキを過剰摂取した場合はどのくらいで効果が出る？」

「大体四時間ほどでさぁ」

「四時間ほどで効果が出るってことは、午前中から俺達と行動していたミールナーはシロだな」

「わたくし達が出会った場所からここまで結構距離がありましたものね」

午前中にミールナーと出会ってから獣人街の裏通りの奥にあるアジトに辿り着いた時間が夕暮れということを考えれば、ヨダリスに毒を飲ませてからソルド達に合流したとは考えづらい。

もちろん、ヨダリスとミールナーが顔見知りで薬と称してスーマルキを投与していればその限りではないが。

「おいおい、薬の知識に富んだ猫娘が一番怪しいだろうに」

「それに容疑者が検視をしているのはどうなんでしょうか」

容疑者が二人に絞られたことで残る二人の容疑者から不満が出る。

「大体薬師の猫娘は猫の獣人じゃないか。入り組んだ道を通らなくても屋根を飛び回ればいいだけの話だろう」

「薬が垂れた跡を鶏の兵士さんに追跡してもらったというのもおかしな話です。だって、猫の獣人ならば匂いで辿れるじゃないですか」

饒舌になった二人はミールナーを犯人にしようと躍起になっている。後ろ暗いことがあるようにも見えるが、状況証拠だけ見ればミールナーが一番怪しいのは事実だった。

それを理解していたのか、ソルドも溜息をついてミールナーへと向き直る。

「こういう強引なやり方は好きじゃないんだが、時間がない。許せ、ミールナー」

「へ？」

そう告げると、ソルドはミールナーの耳を掴んで引っ張り上げた。

すると、猫耳と一緒に髪が持ち上がった。

「何やってるんですかソルド!?　み、耳が千切れちゃってますよ！」

「んなわけあるか、これはウィッグだ」

慌てているルミナにそう説明すると、ソルドは露になったミールナーの本当の姿を確認する。

黒髪の猫耳ウィッグの中に納まっていた髪は、ルミナと同じ琥珀色。

肩口まで切り揃えられたショートヘアに紛れていた耳は、人間のものだった。

「ミールナー、お前本当は人間なんだろ」

「……いやはや、ソルドの兄さんには敵いませんね。いつからお気付きで？」

「割と最初からだな」

ミールナーは最初に出会ったとき、ルミナに対してこう尋ねた。

『もしや、猫の嬢ちゃんも同じですかい？』

それは同じスリの被害者という意味ではなく、自分と同じで獣人の振りをしているのではないか、という意味だったのだ。

「尻尾がなかったのはこの仏さんに切り裂かれて下着と一緒になくしたからだろ。日常的に獣人に変装しているのなら、尻尾もきちんと偽装するはずだからな」

「まるで見てきたような洞察力。参りやした」

観念したのか、ミールナーはソルドの指摘を素直に肯定する。

最初から疑惑はあったのだ。

道で躓く鈍臭さ、伊達ではない瓶底眼鏡をする視力の悪さなど、彼女が少なくとも若い猫の獣人ではない要素はそこかしこに散見された。

「さて、ミールナーの犯行が物理的に不可能なことはわかったが問題は犯人だ」

答え合わせをするような口調で振り向くと、ソルドはヨダリスを殺害した犯人へと向き直る。

「マーダスさん。あんた、フクロウの獣人じゃないだろ」

「何を――っ!?」

ソルドは五指を剣へと変化させると、その鉤爪でマーダスの下半身の羽毛を切り裂いた。

すると、羽毛に隠れていた細長い脚が付け根まで露になる。

「フクロウの足は羽毛で覆われた筋肉質な足だ。さしずめ、あんたはサギの獣人ってとこか」

「はんっ、それがどうしたというのだね」

たとえ正体を偽っていてもそれは殺人の証拠たりえない。ふてぶてしい態度を取るマーダスヘソルドは構わずに続ける。

「闇金ダスマック。身に覚えのない借用書を盾に金を巻き上げる詐欺師の名前だ。偽名を使うにしてももっとマシなものにしとくんだったな」

彼の手口についてはある程度調べがついており、既に報告には上がってきていた。

標的の印鑑や筆跡がわかる書類の類を協力者に盗ませる。それから本の汚し屋に筆跡と印鑑を再現させた借用書を作らせていたのだ。

「あー！　思い出しました！　確か邦主の書類仕事で――ふごぉ！　けほっ、けほっ！」

「はいはい、ニャルミはちょっと静かにしてるッスよー」

危うく自分の正体を暴露しそうになったルミナを後ろからトリスが押さえる。羽毛が口に入ったのか、ルミは激しく咽ていた。

「鳥の獣人ってことだけはわかっていたが、細長い身体のサギならいろんな鳥の獣人に化けられるよな？」

「ぐっ……」

恰幅の良い体系もフクロウらしく羽毛でかさ増ししているだけ。それを見破られたことでマーダス、いやダスマックは苦い表情を浮かべる。

「財布をスられたってのも嘘で、殺したあと置いていったんだろ。その後、あんたは一仕事終えたヨダリスとここで合流した。そのときに口論になって、最近ミールナーが売り始めた殺鼠剤を無理矢理飲ませたってとこか。毒を使えば開発者のミールナーが一番怪しまれるからな」

ソルドはミールナーの薬屋の印が描かれた薬包紙を指で挟んでダスマックへと見せつける。

「あんた言ったよな。〝猫の獣人は入り組んだ道を通らなくても屋根を飛び回ればいいだけの話だろう〟って。それ、鳥の獣人ならなおさら当てはまるだろうが」

内的情報の優位性。人は自身の記憶や知識に基づいて判断を下しやすい。

自分の犯行をよく覚えているため、ダスマックはその可能性を真っ先に挙げてしまったのだ。

「大方、ヨダリスとは取り分で揉めたんだろ？　本の汚し屋に偽の借用書を作らせるにしても、筆跡がわかるものと印鑑が必要だ。自分の必要性を理解しているヨダリスが取り分を増やせって言ってきたんだろうよ」

「ハッ、俺は盗み以外に脳のない寄生虫を処分してやっただけだ！」

そう吐き捨てると、ダスマックは纏っていた羽毛を吹き飛ばして目眩《めくら》ましをする。

「さらばだ！」

身軽になったダスマックは翼を広げて窓から外へと逃げ出した。

「トリス」

「わかってるッス」

ソルドが声をかけたとき、既にトリスは弓を構えていた。

「はっはっは！　地を這《は》うことしかできぬ鶏ごときではどうすることもできまい！」

「コケぇ……鶏冠にきたッス！」

空へと飛び立つダスマックに照準を合わせると、流れるような動作で矢を射る。

「ぐぅ!?」

たった一射でトリスは上空にいたダスマックへと矢を命中させる。

「すごい……」

ルミナはそれを見て感嘆の声を漏らしたのだった。

◆◇◆◇◆◇◆◇◆

無事にダスマックを確保したソルドはトリスに獣人街へ常駐している騎士を呼びに行ってもらっていた。

ダスマックを捕縛した際、いつの間にかグルーサはその場から姿を消していた。

彼女も何かしら脛に傷を抱えた人間であることは間違いないが、今は宝珠の鑑定が先だ。

これ以上厄介事に巻き込まれてはかなわない。

そう判断したソルドはグルーサについては捨て置くことに決めたのだ。

「いやぁ、危うく冤罪をかけられるところでやした。恩に着ます、ソルドの兄さん」

ミールナーは猫耳のウィッグを被りなおすと、改めてソルドに礼を述べる。

「恩に着る必要はないさ——宝珠を返してくれればな」

「えっ」

予想だにしていなかったソルドの言葉にルミナが絶句する。

「……なんでバレたんですかい？」

「ニャルミと同じ獣人に扮した人間だったとしてもわざわざ声をかけてきたりしないだろ。さっきも言ったが、獣人街の住人はスリ程度の被害で犯人を突き止めようとはしない。もし正体を突き止めようとするのなら、それ相応の理由があると考えるのが自然だ」

そして、その理由とはルミナが盗まれた宝珠である。

「答えろ、あの宝珠はなんなんだ」

「それを調べるのがあんた達の仕事でさぁ」

不敵に笑うと、ミールナーは懐から宝珠を素手で掴んで取り出す。

肉体に異常も見受けられずに宝珠に触れられるミールナーに、ソルドとルミナは驚きのあまり言葉を失ってしまう。

「今のあっしはしがない薬師でさぁ。何かお困りのことがあれば、どうか御贔屓《ごひいき》に」

それだけを言い残すと、ミールナーは背を向けて去っていった。

「マジで何者なんだ、あの人」

「さ、さあ……」

ミールナーの飄々《ひょうひょう》とした態度に、二人は狐につままれたような表情を浮かべていた。

そんな二人を陰から覗き見ている人物がいた。先ほど姿を消したグルーサである。

「……回収は不可能、か」

悔しげにそう呟くと、グルーサはスカートを捲る。それから太ももに取り付けていたベルトに収納していた紙を抜き取って何かを書き記す。

「蝕《むしば》みの宝珠の奪取失敗。怒られなければいいけれど」

すると、蝙蝠がどこからともなく現れ、グルーサの手紙を掴んで帝国城へと飛び立っていくのであった。

◆◇◆◇◆◇◆◇◆

宝珠も無事取り戻し、殺人犯兼詐欺師も騎士へ引き渡したことで、三人は本題である亀の獣人ギャラパゴスのいる場所までやってきた。

「占いの館、ですか」

桃色と紫色の装飾が施された怪しげな店をルミナは興味深そうに眺めていた。

占いの館の看板の下には料金表が載っており、時間ごとの料金や指名料なども記載されていた。

「指名料まであるんですね」

「ああ、占い師にもベテランや新人がいるからな」

「なるほど、皇族にも専属の占い師が付いていた時代もあったくらいですし、獣人の間ではそれがより一般的というわけですね」

ルミナは納得した様子で看板を見上げながら呟く。

純粋無垢なルミナの反応を見て、トリスはソルドに小声で話しかけた。

(先輩、どうするんスか)

(どうするも何も、このまま乗り切るしかないだろ)

器用にハンドサインで会話をすると、ソルドは冷や汗をかきながらも話を続ける。

「ギャラパゴスの爺さんはこの店のオーナーもやっているんだ」

「長寿の占い師となれば、腕も凄そうですね」

ルミナの言葉を聞いて、ソルドは内心ほっとしていた。

このままなら誤魔化せそうだ。そう安堵したときだった。

「しかし、占いと聞くと女性のほうが好きそうなのに、入っていくのは男性ばかりですね」

ルミナは訝《いぶか》しんだ。いくらなんでも客が男性一色すぎないか、と。

「獣人は人間よりも占いの文化が一般的だからな。むしろ、男連中のほうがこういう店には行くんだよ」

「そういうものなのですね」

「ああ、そういうもんだ」

力強く断言されてしまえば、ルミナとしてもそれ以上追及することはない。そういうものだと納得するまでだ——目の前で露出度の高い服を着た女性と妙にスッキリした表情の男性が手を繋いで店から出てこなければ。

「今日も最高だったよ、コクリちゃん！」

「また来てねー！」

狐の獣人の女性と豚の獣人の男性が店の前で別れる。

その様子をソルドとルミナはただただ黙って眺めていた。

「「…………」」

気まずい空気が二人の間に流れる。

「見送りまでするなんて常連客への対応は丁寧だな、うん」

「先輩、往生際が悪いッス。もう無理ッスよ」

全てをなかったことにしようとしているソルドに、トリスは容赦なく現実を突き付ける。

「ソルド、正直に答えてください」

「おう」

「このお店は娼館ではありませんか？」

「違うぞ、占いの館だ」

「では何故、占い師の女性と客の男性が手を繋いで出てきたのですか？」

「占いの最中に仲良くなったんだよ。占いは人の心の奥に触れる。親しくなっても不思議じゃないさ」

「男性が妙にスッキリとした表情を浮かべていましたが」

「占いを通して溜め込んでいたものを吐き出すことができたんだ。スッキリもするだろう」

「占いと称して性的なサービスがあるのではないですか」

「違うぞ、占い師と客が占いの時間中に愛を育《はぐく》むことがあるだけだ」

「完っ全に法の穴を突いてるじゃないですか！」

ゾディアス帝国において、獣人娼館の存在は法で禁じられている。

理由としては、人間と獣人が軽率に交わることによって生じる事故などを減らすためだが、異種族間での恋愛や結婚まで禁じられているわけではない。

「安心しろ、ただの体裁として掲げてるだけで法の穴は突けてないぞ」

「なおのことダメじゃないですか！」

きちんと国の監査が入れば〝店内での偶発的自由恋愛〟などは認められない。さすがに国もそんなガバガバ理論を受け入れるほどバカではない。

「獣人街で獣人同士がヤッてる分には問題ないんだ。エリダヌスの件だって、人間が暮らす城下町で人間を対象として獣人娼館を経営してたから宰相がキレてたわけだし」

本来防ぎたいことだけ防げればいい。実害がなければ国もわざわざ円滑に回っている商売を潰したりはしないのだ。

「ちなみに、ソルドはこのお店を利用したことがあるのですか？」

「まさか。一応人間に分類される俺が利用したら問題になるだろ。これでも騎士なんだ。分別はつけ――」

「おや、ソルドの坊やじゃないか」

ソルドの言葉を遮って先ほど豚の獣人のお見送りをしていた狐の獣人占い師が声をかけてき

た。

　獣人としての血が濃いためか、尻尾から鼻先までしっかりと狐である。

「ソルド、あなた……」

「待て、誤解だ。知り合いってだけで別に客として来てたわけじゃない。じゃなきゃギャラパゴスの爺さんと知り合いになることなんてないぞ」

　ジト目を向けるルミナに対し、ソルドは必死に弁明をする。その様子を見て、トリスはくつくつと笑っていた。

　ひとしきり笑うと、トリスは呼吸を整えて狐の獣人占い師へと声をかけた。

「コクリさん、お久しぶりッス」

「トリスの嬢ちゃんまでいるのかい。そこの猫ちゃんも含めて４Ｐとはソルドの坊やも大人になったもんだね」

「…………………」

　自分の身体を抱いて、ルミナは勢いよくソルドから距離を取った。

「違うから！　ギャラパゴスの爺さんに用があって来たんだよ！」

　もはやルミナはソルドをゴミを見るような目で見ていた。獣人街に来てからというもの、ソルドの株が下がりっぱなしである。

「それに俺はこの店で〝恋愛〟はしたことないだろ？」

「ははっ、ごめんごめん。からかっただけさ」

狐の獣人占い師コクリはソルドの肩をぽんっと叩いた後、その手をひらりと振った。

「長老なら部屋にいるはずさ。裏口から案内するよ」

そして、そのまま三人を裏口から店内へ案内したのであった。

「さすがに未成年の子を堂々と表からお店に入れるわけにはいかないからね」

店の内装は外装と同じく桃色と紫色で統一されており、怪しげな雰囲気を醸し出していた。

天井からはキラキラと輝く水晶がぶら下がっている。

コクリに連れられ、ソルド達は奥の部屋へと向かう。

「ソルド兄！　久しぶり！」

その途中、コクリと違ってかなり人間よりの見た目をした狐の獣人の少女と出会った。

「マリンか、大きくなったな」

ソルドは懐かしげに目を細めながら、マリンと呼ばれた少女の頭を撫でた。

「その子は？」

「コクリさんの娘だよ」

「ああ、娘さんですか――娘!?」

さらりと答えたソルドに、ルミナは驚愕の声をあげた。

「別に珍しいことでもないぞ。子供を育てるために占い師やってるシングルマザーは結構いるんだ」

「お客様には内緒で頼むよ」

コクリは悪戯っぽくウインクをしながら口に指を当てた。

「マリン、これからソルドの坊や達は長老とお話があるから、お話は後でね」

「はーい！」

元気良く返事をして、マリンはその場から離れていった。

「長老、ソルドの坊やが訪ねてきたよ」

ドアの前に立つと、コクリは静かに扉を叩いた。

「おう、入れてやっとくれい」

すると、中からしわがれた老人の声が聞こえてくる。

ガチャリと扉を開けると、そこには亀の獣人の男性が座って待ち構えていた。

首元には大きな宝石がついたネックレスが光っている。

机の上にはお香のようなものが置かれており、そこから放たれている煙が室内を漂っていた。

「久しぶりだな、ギャラパゴスの爺さん」

部屋の中央にあるソファーに腰掛けると、ソルドは口を開いた。

「会ったのはつい最近じゃったと思うが」

「前にここに来たのは三年前だっての」

「はて、そうだったかのう」

長寿の獣人であるギャラパゴスにとっては、数年の時の流れは一瞬に過ぎないのだ。

「それにしても……また随分とめんこい子を連れとるのう」

「初めまして、ニャルミと申します」

「そうか、ニャルミちゃんか。可愛《かわ》えぇのう」

ギャラパゴスは穏やかに笑いながら、杖を使ってゆっくりと立ち上がる。

「おっと」

「危ない！」

ふらついた拍子に倒れそうになったところを、慌ててルミナが支える。

「ふむ、肉付きは悪くないのう。未来に期待じゃ」

その隙を見逃さずにギャラパゴスはルミナの尻を慣れた手つきで撫で回した。

「いやぁぁぁ！」

ルミナは顔を真っ赤にして、悲鳴をあげながらギャラパゴスを突き飛ばした。そして、突き飛ばされたギャラパゴスは瞬時に甲羅の中に手足を引っ込めてから床に倒れた。

それからギャラパゴスは甲羅からのそのそと顔を出して告げる。

「さて、要件を聞こうかのう」

「何事もなかったような顔すんな」

ソルドは呆れつつも、すぐに本題に入ることにした。

「今日あんたのとこに来たのは他でもない。エリーン遺跡で見つかった遺物と俺の身体について聞きたいことがあるんだ」

「ほう、それは興味深いのう」

ギャラパゴスは穏やかな口調でソルドを促した。それを受けてソルドはルミナに呼びかける。

「ニャルミ」

「はい」

頷くとルミナは腰のポーチの中からエリーン遺跡で発見した金色の球体を取り出し、それをテーブルの上に置いた。

「これはエリーン遺跡の最奥部で鼠をバケモノに変えた遺物だ」

「バケモノとな」

「ああ、巨大化したうえに体毛が鉄のように固くなったり、動物の枠を明らかに逸脱していた」

遺跡でのことを思い出し、ソルドは顔をしかめる。

「それと俺が触れたら何故か身体が剣になった」

「なるほどのう」

ざっくりとした説明だけでギャラパゴスは納得したように頷く。

「これは〝蝕みの宝珠〟じゃ」

「蝕みの宝珠？」

「かつて〝日蝕の魔女〟と呼ばれた人間の女性、エクリプスが魔法によって作り出した〝魔導具〟じゃよ」

どこか懐かしむようにあごひげを撫でながらギャラパゴスは語った。

「そんな話聞いたことがありません。大体、魔法なんてものはお伽噺の存在じゃないですか」

突然告げられた聞いたことのない単語にルミナは困惑する。

「そりゃそうじゃ。お伽噺にしたんじゃからな」

「人間にとって都合の悪い歴史ってことか」

エリーン遺跡は最近見つかったばかりの古代遺跡だ。

そんな場所で発見されたお伽噺が現実であったことの証明。どう考えても出来すぎている。

古代遺跡が最近まで見つかっていなかったということは、今まで秘匿されていたか環境の大きな変化があったかのどちらかである。

大きな環境変化がなかったことを考えれば、意図的に隠されていたと思うことは道理だった。

「都合が悪かったのは人間だけじゃないぞい」

目を細めると、ギャラパゴスは歴史の真実を語る。

「人間に敗れたことは獣人にとっても苦い歴史じゃ。獣人がかつての戦争で敗れた原因。それは技術の差ではない。そんなものでひっくり返るほど獣人の戦闘力は低くないわい」

「まさか、人間側が魔法を使っていたってことか?」

この世界に生きる人間にとってはお伽噺だが、この世界がゲームの舞台と知るソルドにとってギャラパゴスの話は納得のできるものだった。

「正確には日蝕の魔女が魔法で生み出した兵器〝魔導具〟を利用したからじゃな」

「じゃあ、この蝕みの宝珠は兵器ってことか……」

「うむ。そいつは太陽の光を魔力に変換し、肉体を蝕んで作り替える宝珠じゃ。鼠やソルドの坊主の肉体が変質したのは、この宝珠が原因じゃ」

そこで自分の認識とズレが生じたソルドはギャラパゴスの説明に異を唱えた。

「待て。俺は元から人間じゃなかったから剣になったんじゃないのか？」

「何を言っとるんじゃ。人間だろうとその宝珠は肉体を蝕み作り替える。日蝕の魔女ただ一人を除いてな」

その場にいる全員の視線がルミナへと集中する。

「わ、わたくしですか？」

「日蝕の魔女エクリプスは初代皇帝と結ばれ子をなした。お嬢ちゃんが素手で宝珠を触れるのは魔女の血を引いているからじゃ――そうじゃろ、帝国第一皇女ルミナ・エクリプス・ゾディアス様？」

ギャラパゴスは老いを感じさせない鋭い視線をルミナへと向ける。

「……恐れ入りました」

そんなギャラパゴスに猫耳ウィッグを外してルミナは深々と頭を下げた。

「ほっほっほ、そう畏まらんでも良い」

目尻を下げて笑い、ギャラパゴスは告げる。

「ソルドの坊主。お前さん、剣になったと言っていたな」

「ああ、宝珠に触れた瞬間、肉体が剣になったんだ」

ソルドは突然五感を失った不快感を思い出して顔を歪める。何とか元の姿に戻ることはできたが、あの死にも近しい感覚はできれば味わいたくはなかった。

「それは蝕みの宝珠が与えた魔法じゃよ」

「剣になることがか？」

「うむ、動物や獣人が蝕みの宝珠に触れれば、宝珠が肉体に取り込まれ獣の力が増大したバケモノになる。人間の場合は適正によって特殊な能力を与えることができる」

獣人と人間での宝珠の効果による差異。その理由に思い至ったソルドはハッとしたように声を上げる。

「人間側も万が一、獣人側に宝珠を奪われても使えないようにしたってことか」

「そういうことじゃろうな」

そして、ある事実に辿り着く。

「なるほど。つまり元々人間だった俺が剣になったのは、不用心に宝珠へ触れたうえに、俺へと手渡してきたどこかの誰かさんのせいってわけか」

「痛《いだ》だだだだだ!?」

ソルドはルミナの頭を両側から拳の先端を挟み込むようにして捻《ね》じ込む。今まで感じたことのない痛みにルミナは悶《もだ》えながら抗議の声を上げた。

「何するんですか！」

「それはこっちの台詞だ。何してくれてんだ」

元々人間じゃなかったのならまだしも、このポンコツ皇女の不注意によって人外にされてしまったのだ。ソルドはこれでも寛容なほうである。

「これこれ、乱暴はいかんぞい」

ギャラパゴスに諌められ、ソルドは舌打ちをすると手を離す。解放されてホッと息をついたルミナの目尻には、薄《う》っすらと涙が浮かんでいた。

「大丈夫かい、お嬢ちゃん」

「ありがとうございま――きゃあ!?」

痛む側頭部を撫でるのと同時に、ギャラパゴスは再びルミナの尻を撫でていた。こりない老人である。

「なんなんですか本当に！　もう帰ります！」

ルミナは頬を膨らませると、乱雑に蝕みの宝珠を引っ掴んで踵を返す。とてもじゃないが国宝級の貴重品の扱いではない。

「いろいろ教えてくれてありがとうございました！　失礼いたします！」

振り返りながら一応は礼を述べると、ルミナは乱暴に扉を開ける。

「うわっ!?」

「へ？」

扉が開いた瞬間、聞き耳を立てていたらしいマリンが倒れ込んできた。内開きの扉に体重を預けていたせいで、支えを失ったマリンの身体はそのまま前を見ていなかったルミナとぶつかってしまう。

「お前ホントいい加減にしろ、よ……」

呆れたように溜息をつこうとしたソルドだったが、目の前の光景に言葉を失った。

「危なかったね、お姉ちゃん。これ、大切なものなんでしょ」

「え、ええ……」

マリンは何食わぬ顔で獣人をバケモノへと変貌させる蝕みの宝珠を手に持っていた。

肉体を蝕み変質させる宝珠の効果をマリンは受けていなかったのだ。

「マリン、あなたその尻尾……」

「え？」

いや、正確には影響は出ていた。

マリンの一房しかなかった尻尾はいつの間にか九つへと増えていたのだ。

「ルミナ、宝珠をポーチにしまったら俺に貸せ。お前に持たせたら最悪獣人街が崩壊しかねない」

「お願いします……大変申し訳ございませんでした」

ソルドの言葉に素直に従うと、ルミナは深々と頭を下げる。

それから聞きたいことも聞けたソルド達は占いの館を後にしたのであった。

◆◇◆◇◆◇◆◇◆

帝国城への帰還中、ソルドは荷台に座ってずっと考え込んでいた。

いまだに引っかかっている謎はたくさんある。

何故、原作ゲームにおいて日蝕の魔王が生まれてしまうのか。

何故、蝕みの宝珠から自分へと与えられた魔法が剣になる異能なのか。

何故、魔法という有用な兵力についての歴史が闇に葬られたのか。

何故、獣人であるマリンが触れても蝕みの宝珠は彼女をバケモノにしなかったのか。

バラバラだったパズルのピースを繋ぎ合わせようとソルドは思考を巡らせる。

そして、一つの結論に至った。

「……ルミナは主人公じゃない」

ゲームタイトルにあったため、安直にルミナが主人公だと思い込んでいたが、そもそもその前提が間違っているのではないか。

ルミナはトラブルメーカーではあるものの、自分からトラブルのきっかけになるタイプであり、事件に巻き込まれるファンタジーRPG主人公らしくないのだ。

思い返せば、タイトルにある名前が主人公のものではない作品は往々にして存在していた。

ルミナの聖剣もそのパターンだった可能性は大いに存在している。

だとすれば、主人公は誰なのか。答えは簡単だ。

皇女であるヒロイン、ルミナを守る剣である騎士――ソルドに他ならない。

蝕みの宝珠に触れて剣となる異能を得た騎士が〝ルミナの聖剣〟と呼ばれるようになる物語。

そう考えてみれば妙にしっくりきたのだ。

それはソルドにしかできないこの世界の外側の知識を利用した考察だった。

「わたくしがどうかしたのですか？」

「いや、なんでもない」

隣に座るルミナに声をかけられ、ソルドは頭に過った仮説を振り払う。自分が主人公だなんて冗談じゃない。自由に生きたいと願っていたソルドにとって、常にトラブルの中心にいるような立場は望んでいないのだ。

「ソルド」

そのまま考え込んでいると、ルミナが声をかけてきた。

「今回は本当にありがとうございました」

「なんだよ藪《やぶ》から棒に」

感謝の気持ちを伝えるルミナに、ソルドは訝しげな視線を向ける。

「遺跡の探索、獣人街の視察。いずれもあなたやトリスがいなければできないことでした」

「別にいいさ。俺も気分転換で城の外に出たかったからルミナの話に乗ったわけだし」

ソルドはルミナの話を軽く流そうとするが、ルミナは構わずに話を続けた。

「それでも感謝させてください。今回の一件、あなた達がいなければわたくしはこの国の実情を何も知ることなく、のうのうと生きていたことでしょう」

それは普段のポンコツぶりからは想像ができないほどに真摯《しんし》な声色だった。

「差別は悪いことだと言いながらも、わたくしには獣人への差別意識が根付いていた。ソルドが獣人の方へわたくしを会わせたがらなかったのも頷けますね」

自嘲するように笑うとルミナは続ける。その瞳には深い悲しみの色が浮かんでいた。

トリスへの配慮のかけた行為や遺跡、獣人街での行動。それを振り返ったとき、ルミナは自分の中に無理解から来る偏見があったと痛感させられたのだ。

「これではエリダヌスと何も変わりません。自分の正義を疑わず、人に迷惑ばかりかけて国を変えたいなんて戯言を吐いて……」

そこで言葉を切ると、ルミナは目を閉じる。

「きっとこのまま成長すれば、典型的な帝国貴族のような人間になるに違いありません」

「そんなことは――」

「そうかもな」

手綱を握っていたトリスのフォローを遮ってソルドはきっぱりと告げる。

「お前は世間知らずのお姫様だ。いつでもトラブルの原因だったし、人に迷惑ばかりかけて。いい加減にしろって何度思ったことか」

「先輩！　言いすぎッスよ！」

あまりにも辛辣《しんらつ》すぎる物言いにトリスが慌てて止めに入るが、ソルドはそれを手で制すると口を開いた。

「だけどな。エリダヌスとルミナは違う」

「え？」

「あいつは伸ばされた手を振り払って自分の行いを正義だと疑わなかった。だから、アルデバラン侯爵を見殺しにした。そして、媚《こび》を売っていた官僚達にも見殺しにされた」

自分の正義に酔い、最終的に我が身可愛さに恩人を見捨てた男の周りには誰も残らなかった。

しかし、ルミナの周りには彼女を助けてくれる者達がいる。

「迷い道もいずれは正道となる、だったか？」

ソルドはかつてルミナに言われた言葉をそのまま返した。

「自分が間違いを犯していたと反省して前を向こうとしているルミナはあんな風にならない。それに俺やトリス、おっちゃんにクレアさんも付いてるんだ。困ったときは頼ってくれ」

「そうッス。アチキはもう友達なんスから気軽に頼ってくださいッス！」

「ソルド、トリス……」

二人からの温かい励ましにルミナの視界が滲む。

「わたくし、絶対に口だけじゃなくてこの国を変えてみせます」

ルミナはこぼれそうになる涙を隠すように俯くと、震える声で言った。

「その意気ッス！」

「ま、せいぜい迷惑にならない範囲で頑張ってくれ」

口では憎まれ口を叩きながらもソルドの頬は緩んでいた。

体《てい》よく皇女付きの騎士をやめたいと思っていたはずが、随分と情が移ってしまったようだ。

でも、こんな毎日も悪くないかもしれない。

馬車に揺られながら、ソルドは柄にもなくそんなことを思うのであった。

それから城下町へ入り、馬車は城門の前で停車した。

「じゃ、アチキはこの辺でお暇させていただくッス」

「いろいろとありがとうございました。またたくさんお話をしましょうね！」

「楽しみにしてるッス」

「部隊長の仕事、頑張れよ」

「先輩も皇女付きの騎士の任務、頑張るッスよ」

馬車を降り、城門前でトリスと別れる。皇女の護衛という名目でついては来たものの、彼女には護衛部隊の部隊長として報告書をまとめる仕事もある。

本来ならば、執務室まで来てもらいたいところだったが、獣人嫌いな官僚ひしめく城内をレグルス大公以外の獣人が歩くのはあまりよろしくない。

結局、いつもの主従二人へと戻ったソルドとルミナはレグルス大公の執務室へと向かったのだった。

「ただ今戻りました」

「ただまー」

ノックをして入室するルミナに続くと、渋い顔で書類に目を通していたレグルス大公が顔を上げた。

「ようやく戻られましたか」

「まったく、こっちはてんやわんやだったというのに……」

クレアとレグルス大公は疲れた表情を浮かべていた。

さすがに自分の仕事を押し付けてしまったことに罪悪感があったのか、ルミナは頭を下げる。

帝国第一皇女が頭を下げてばかりである。

「留守の間の書類仕事を押し付けてしまい申し訳ございませんでした」

「おっちゃん、お疲れ様だったな。苦労した分、収穫もあったから安心してくれ」

「それも聞きたいのだが、すまん。今は一刻を争う事態なのだ。宝珠についての報告は後にしてほしい」

「……何があったんだ」

本気で深刻そうなレグルス大公の様子を見てソルドの顔つきが変わる。

「獣人街が住民ごと焼却処分されることが決定した」

「「(≡ᐊ≡)パァ」」

第4章　疫《えき》の酷巣《こくす》

日蝕の魔王は悠久のときを過ごし、幾度となくこの腐った世界を力で支配しようとした。

その度に聖剣を携えた日輪の勇者が彼の道を阻む。

「愚かなり……日輪の勇者よ、貴様は何故この世界を救おうとする」

盟友は人間の身勝手な欲望の果てに殺された。

同胞達の住まう獣人街も焼き払われた。

傍若無人な人間達、彼らの欲望が巣くうこの世界に希望などありはしない。

「偏見、無知、我欲……貴様ら人間が獣人にした行い。それらを皇女殿下と聖剣の遺した記憶の断片から読み解いた貴様ならばわかるはずだ」

だからこそ、魔王には理解ができなかった。

何故、聖剣の記憶の断片から全てを知った勇者がこうして自分の前に立ちはだかっているのか。

「もしや、あの小娘のためか？」

「ッ！」

「ほう、図星か」

魔王の指摘に勇者の表情が歪む。それから反射的に勇者が咄嗟に携えた聖剣に手をかけたのを見た魔王は、楽しげに口元を歪める。

「ふははは、よいぞ！　世界のためなどと宣《のたま》うよりはずっとわかりやすい！」

人間の欲望を誰よりも嫌っていた魔王は勇者が初めて見せた人間らしさに破顔大笑する。

「我こそは日輪を蝕み、世界に闇をもたらす魔王。この世界は余が統《す》べる、余が理となる」

魔王が両腕を天へと掲げると、禍々しい魔力の奔流が溢れ出す。

身に纏っていた外套は吹き飛び、溢れ出した魔力が地を震わす。

「全てを終わらせよう。貴様が我が野望を阻むのならば、何度でも蘇り、この世界を蝕む王となろうぞ」

封印と復活を繰り返した魔王は高らかに告げる。

「来るがいい……日輪の勇者、ルミナの聖剣ソルドよ！」

勇者は聖剣を構えて魔王へと挑む――自分を信じて待つルミナのために。

※『ルミナの聖剣～Sword Galantyne～』――
魔王城・玉座の間でのイベントシーン〝最終決戦〟より抜粋

住民を含む獣人街の焼却処分。

いくら獣人が帝国内で冷遇されているからといって、そんな非人道的行為が許されるわけがない。

「どういうことだよ、おっちゃん！」

いち早く放心状態から立ち直ったソルドはレグルス大公へと詰め寄る。

「皇女殿下とお前が獣人街に行っている間に官僚が次々に亡くなる事件が起きたのだ」

「はぁ!?」

アルデバラン侯爵のときでさえ大きな事件だったというのに、立て続けに何名も官僚が亡くなるなど尋常ではない。

「亡くなった官僚は目の白い部分や肌が黄色くなり、まるで呪いにでもかけられたような外見だったそうだ」

「黄疸《おうだん》みたいだな……」

黄疸とは、皮膚や眼の白部などが黄色く変色する症状である。これは、血液中のビリルビンという黄色い色素が体内で過剰に蓄積することによって引き起こされる症状だ。

いくつか原因はあるが、黄疸は主に肝臓の病気にかかった者が発症するとされている。

「亡くなった官僚達は肝臓を悪くしてたりしたのか？」

「いや、肝臓を悪くするほどの酒好きはいなかった。ただ共通点はあったぞ」

そこで言葉を区切り、顔をしかめるとレグルス大公は告げる。

「……全員、エリダヌスが経営していた城下町の違法獣人娼館を利用していたのだ」

「なっ」

エリダヌスの件が関わっていたという事実にソルドは言葉を失う。

アルデバラン侯爵の事件の際に死罪となった男が今もなお帝国を引っ掻き回している事実に、ソルドもレグルス大公も苦虫を噛み潰したような表情を浮かべる。

「ヴァルゴ大公をはじめとした反獣人派の官僚達はこぞって獣人による呪いだと主張しています」

「そんなバカな話が――」

「通るのです。実際に獣人と交わったことにより原因不明の死者が出てしまったのですから」

ソルドの言葉を遮り、クレアは唇を噛んで悔しげに俯く。

「……娼館で働いていた獣人達は？」

「全員、呪殺の罪で投獄されています。すぐに処刑されなかっただけマシでしょう」

クレアは沈痛な面持ちでソルドの問いに答えた。

この世界では、魔法はお伽噺にしか出てこない産物だと思われている。

しかし、呪いは違う。

明確に方法が確立されており、人間だけではなく獣人の間でも広まっている〝技術〟として扱われている。

もちろん、その実態は占いなどと同じ心理学や世間に認知されていない科学技術を利用したものだが、そんな事実は転生者であるソルドにしかわからないだろう。

「待ってくれ。百歩譲って投獄された獣人はまだわかるが、どうして獣人街が焼かれなきゃいけないんだよ」

「……それが妙なのだ」

レグルス大公は眉間のしわを押さえながら絞り出すように言った。

「ヴァルゴ大公は獣人街に潜む帝国を脅かす反乱分子を一掃すると言っていたのだ」

「ヴァルゴ大公が？」

「彼が獣人を嫌っていることは知っているが、全く話のわからない人間というわけではない。今回の一件はあまりにも直情的だ」

レグルス大公の疑問はもっともだった。

獣人を毛嫌いしているからといって、ヴァルゴ大公は関係のない者にまで被害を及ぼしたりはしない。

レグルス大公に殺人容疑がかかっていたときも、あくまでレグルス大公一人を投獄してそれ以上のことはしなかった。それが、いきなり獣人街を燃やすというのは短絡的にもほどがある。

ソルドはしばし思案すると、一つの可能性を口に出した。

「まさか私怨か」

理不尽な法すらも超えた理不尽。いくら宰相であるヴァルゴ大公といえど、そんなことは許されることではない。

「断定はできぬが、可能性はあるだろうな」

レグルス大公は渋い顔を浮かべたまま俯く。

「事実を調べましょう」

そこで先ほどまで呆けていたルミナが口を開く。

「今回の件はあまりにも理不尽です。きっと政治的な思惑が裏にあるに違いません」

「ですが、獣人街の焼き討ちはもう決定してしまいましたよ」

「獣人街もアルデバラン侯爵の治めていた領土――つまり、現在の邦主はわたくしです。わたくしが命じれば、しばらくは騎士団を止められます」

邦主が不在の間にその領土の焼き討ちを決定するなど許せることではない。

抗議するため、臣民を守るためという名目でルミナが命じれば一時的に騎士の動きを止めることはできるだろう。

「時間稼ぎをして、大勢の官僚が出した決定を覆す何かを掴めばいいってことだな」

「その通りです」

ソルドの言葉に頷くと、ルミナは覚悟を決めたように告げる。

「絶対に獣人街は焼き討ちにさせません！」

ルミナの脳裏には、肉串の熊店主やミルディ売りの牛少女、占いの館の者達、そしてミールナーの顔が浮かんでいた。

彼らを守ることこそが、皇女であり邦主である自分の責務だと感じていたのだ。

「だったら、まずは投獄された獣人達に話を聞かないとな」

「ええ、行きましょう！」

ルミナとソルドは勢いよく執務室を飛び出していく。

「不思議ですね。あの二人を見ていると、なんとかなってしまうように感じます」

「……ああ、そうだな」

そんな二人の様子をレグルス大公はどこか浮かない表情で眺めていたのだった。

◆◇◆◇◆◇◆◇◆

執務室を飛び出した二人の前に、早速障害が立ち塞がることになる。

「何故、面会が禁じられているのですか！」

「当然ですぞ、皇女殿下。奴らは官僚を呪殺した下手人。この国の皇族であるあなた様の顔を覚えさせるわけにはいきません」

この一見の黒幕ともいえる当のヴァルゴ大公から投獄された獣人との面会を禁止されてしまったのだ。

「わかりました、顔と身分を隠して会えばいいのでしょう？」

「なりませぬ。もしものことがあっては誰が責任を取るというのでしょうか」

ヴァルゴ大公は頑《かたく》なに危険だからという理由で面会の申し出を断り続けていた。その様子がどこか意固地になっているように感じたルミナは、ヴァルゴ大公の真意を探ろうとする。

「では、ソルドならいいということですか？」

「……そういう問題ではありませぬ。ソルドとて、この国の貴重な戦力であり、あなた様を守護する剣にございます」

騎士であるソルドでもダメ。つまり、ヴァルゴ大公はルミナが皇女という立場だから投獄された獣人と面会することを断っているわけではないということだ。

「万が一呪いをかけられたとして、ソルドが死ぬとお思いですか？」

「強さの問題ではない！」

そこで初めてヴァルゴ大公は感情を剥き出しにして大声で叫んだ。

「失礼した……ともかく、獣人街のことは諦めてくだされ」

感情的になってしまったことを恥じるように告げると、ヴァルゴ大公はそれ以上取り合おうとしなかった。

仕方なくヴァルゴ大公の執務室を後にしたルミナは途方にくれる。

「一体どうすれば……」

「仕方ない。裏技を使うか」

「裏技？」

「どこかの誰かさんのせいで手に入った力を使うんだよ」

そう言ってほくそ笑むとソルドは牢番のもとへと向かった。

「前からおかしいとは思ってたけど、いつの間に人間やめてたんだ？」

『つい最近だ。悪いな、こんなこと頼んで』

「本当だよ。同期じゃなかったら絶対断ってたわ。そもそも剣に変身できるとか意味わかんねぇし」

ソルドは牢番をしている一般兵団時代の同期に頼んで帯剣されていた。

ルミナがうっかりソルドに蝕みの宝珠を渡したことによって手に入った剣になる異能。

それを利用してソルドは剣として牢に忍び込むことにしたのだ。

「ちゃんといい店紹介してくれるんだろうな？」

『もちろんだ。城下町で一番美人の子がいる店を紹介してやるよ』

「よし、絶対約束は守れよ」

牢番はソルドの言葉に鼻息を荒くした。単純な奴でよかったとソルドは内心安堵する。

『俺の声はお前にしか聞こえていない。投獄された獣人達には、俺が言った言葉を繰り返して伝えてくれ』

「わかった」

こうしてソルドは剣として牢獄に忍び込むことに成功した。牢獄の中は空気が淀《よど》んでおり、レグルス大公のときとは違い、投獄された獣人達が劣悪な環境にいることが窺えた。

ふと、牢の中を見てみれば投獄されていた獣人は全て狐の獣人だった。

なるほど、確かにこれは呪殺を疑われる要素になる。ソルドはそんな感想を抱いた。

狐の獣人は呪術に長《た》けているという文献もあるくらい、狐と呪術は結び付きが強い。

『「お前達に聞きたいことがある」』

牢番は脳内に聞こえてきたソルドの言葉を繰り返して牢の中にいる獣人達へと問いかける。

『「狐の獣人は呪術が得意だとは聞くが、お前達が官僚を呪殺したとは思えない」』

牢の中の獣人達は皆一様に困惑していた。今までなんのアクションも起こしてこなかった牢番からこんなことを言われれば当然の反応である。

『「無実を証明するためにも、お前達がいた娼館の環境が知りたい」』

牢番はあくまでソルドの言葉をそのまま伝えているだけ。そのせいか、獣人達への配慮や優しさなどは感じられない。

それでも僅かな希望に縋《すが》りたかった一人の獣人が口を開いた。

「……環境でいえば、今とそう変わらないかもしれませんね」

『「この牢獄くらいか？」』

「ええ、この牢と同じくらいの広さです」

獣人達が収容されている牢獄は石造りの建物で、広さは十畳程度。その一部屋で十人以上の獣人が暮らしていたと考えれば環境は良くなかったといえるだろう。

「食事もろくに出してもらえず、娼館に出没する鼠を食べて、なんとか食いつないでいました」

『「給料は出なかったのか」』

「城下町の物価を考えれば到底生活できるレベルではありませんでした」

聞けば聞くほど、出てくるのは腐りきった娼館の運営。既に死罪となったエリダヌスの残した爪痕はあまりにも大きかった。

「……私達は元々地方の村で農業を営んでいたのですが、村と畑を水害で失いました。そこをアルデバラン侯爵に救っていただいたのです。それなのに、あのエリダヌスという男が……！」

『「そうだったのか……」』

住む場所も仕事も失った彼女達が生きていく方法は、劣悪な環境を受け入れることだけだったのだ。

「お願いします、牢番さん。どうか私達をお救いください！」

「わかった。任せろ」

ソルドが言葉を伝える前に、牢番は投獄された獣人達に力強く言い切った。

それから牢を出て剣化を解いたソルドと並んで牢番はうなだれていた。

「……最悪の気分だ」

「協力してもらって悪かったな」

元々獣人にあまり理解があるほうではなかった牢番も、腐りきった帝国の闇の部分を見てしまい、複雑な気持ちになっていたのだ。

「なあ、ソルド。彼女達を救えるのか？」

「そのために動いてるんだ」

ソルドはそれだけ告げると、成果報告を待つ主のもとへと急ぐのであった。

「……ルミナ、官僚達の死因がわかった」

「本当ですか！」

執務室に戻ってきたソルドの報告を聞いて、ルミナは目を輝かせる。

「ああ、まあ」

だが、ソルドの顔色は優れない。

ルミナの胸に不安が過るが、今はそれより事件の真相を知るほうが先決だと思い直す。

「報告をお願いします」

「投獄された獣人は全員狐の獣人、娼館に出る鼠を食べて食いつなぐ劣悪な労働環境、官僚達に発症した黄疸……亡くなった官僚達はエキノコックスを発症していたんだ」

「疫の酷巣？」

聞き馴染みのない単語にルミナが首を傾げる。

「エキノコックス、狐を媒介とする寄生虫が原因の病気だ」

エキノコックスは、動物の糞便などに潜む寄生虫を土壌や飲み水などを通して人間が摂取することによって感染する。寄生虫の幼虫は鼠に寄生しており、狐や犬の体内で成虫へと成長するのだ。

つまり、エキノコックスの幼虫を持つ鼠を食した狐の獣人達の体内で寄生虫は成虫に育ち、性行為を通して官僚達に感染したというわけだ。

「行為のあとに風呂に入ったり、衛生管理さえ徹底されていれば感染リスクも下げられたんだろうが、店の環境も酷かったみたいだし最悪のケースが重なったってことだな」

「ですが、何故投獄された彼女達は病気を発症していないのですか？」

「狐は体内に寄生虫がいても発症することはないんだ」

エキノコックスの寄生虫は、狐の消化管内で成長して成虫が形成される。成虫は犬や狐の体内で存在することができるが、宿主動物の生存に影響を与えることはないのだ。

「では、彼女達の体内から寄生虫がいなくなれば解決ということですか？」

「隔離は必須だが、正直治療法があるかはわからない」

ソルドは日本で学んだ知識こそあれど、病気の治療となると話は変わってくる。病気を治すために必要な治療は知っていても、その薬を一から生み出すことはできないのだ。

「幸い獣人街にはミールナーがいる。治療法についてもなんとかなるはずだ」

そこで言葉を区切ると、ソルドは苦虫を噛み潰したような表情を浮かべる。

「ただ問題はエキノコックスっていう病気が知られていないことだ」

「証拠能力がないということですね……」

もし官僚達がエキノコックスによって死んだと証言しても、この世界では知られていない病気のため、聞き入れてもらえる可能性は低い。

「そうだ！　いっそ証拠を捏造してみてはどうでしょうか。それっぽい文献に病気のことが書いてあるのなら信じるでしょう」

「この皇女、とんでもないこと言い出しやがった」

ソルドはルミナの発想に頭を抱える。偽物の証拠を用意することで事件を終わらせることは可能かもしれないが、信憑性のある偽物など作れるわけもない。

古い文献に示されていたのならばまだ信憑性はあるのだろうが、今から古い文献など作れるわけもない。

「最近書かれたような文献を出したところで証拠能力なんて……あ」

「ふふ、気付きましたか」

「本の汚し屋か」

獣人街には本を古めかしく加工する本の汚し屋がいる。それを利用すれば、ソルドの〝日本知識〟が載った古く見える文献を作ることは可能だ。

「いろいろと穴だらけで問題は山積みだが、一旦おっちゃんに相談しよう」

ひとまずは今後の方針を話し合うため、二人はレグルス大公の執務室へと向かうのであった。

「なるほど、エキノコックスか……」

ソルドの話を聞いたレグルス大公は難しい顔をして考え込んでいた。

「はっきりと言おう。仮にエキノコックスの存在を理解してもらえたとして、獣人街の焼き討ちは中止にはならぬ」

「なんでだよ!?」

予想もしていなかった答えにソルドが思わず声をあげる。そんなソルドに言い聞かせるようにレグルス大公は説明する。

「一部の獣人が発症しない寄生虫が原因の病。その事実は焼き討ちの口実になってしまうのだ」

「そのうえ、感染しても発症しないということは今も感染している可能性があると思わせてしまいます。この事実が公になれば、獣人は病気を持っているという理解ない人間からの偏見も生まれるでしょう」

「くそっ、八方塞がりか」

レグルス大公とクレアの説明にソルドは落胆する。しかし、だからといってこのまま何もせず見過ごすことなどできるはずもなかった。

そんな中、今まで黙っていたルミナが真剣な顔つきで切り出した。

「わたくしが獣人街に行きます。そうすれば騎士団も手が出せないはずです」

現状、騎士団に命じられた獣人街の焼き討ちはルミナの一声で止まっている。それもいつまでも続くものではない。

だからこそ直接ルミナが獣人街に行き、自分の身を人質とすることで焼き討ちを止めさせるつもりなのだ。

「いけません、ルミナ様。危険すぎます」

クレアが止めようとするが、ルミナの意志は固かった。

皇女であるルミナが獣人街にいるとなれば焼き討ちはできないだろうが、何かあったらと考えると、賛成できるものではない。

全員が険しい表情を浮かべる中、ルミナは臆することなく告げる。

「危険なのは承知のうえです」

「ルミナ、わかっているのか。皇族であるお前と獣人街の住民じゃ命の重みが違う。自分の立場を考え――」

「命は等しく重いものです！」

宥めるソルドの言葉を遮り、ルミナは叫ぶ。その瞳は真剣そのもので、ソルドは思わずたじろぐ。

「守るべき臣民を見殺しにして何が皇女ですか！　わたくしはルミナ・エクリプス・ゾディアス。皇族として民のために命を懸ける、それの何がおかしいというのですか!?」

いつものおちゃらけた様子は微塵もなく、そこには皇女としての責任感に溢れた一人の少女がいた。その姿はまさしく皇帝の器を持つに相応しい気品と風格を併せ持っている。

ソルドはその凛々《りり》しい姿に思わず目を奪われていた。

「ハッ、おかしいに決まってんだろ」

「えっ」

だからこそ、ソルドは突き放すように告げる。

「バカも休み休み言えっての。そんな捨て身の方法を取ったところでヴァルゴ大公は止まらないんだよ」

吐き捨てるように、くだらないと鼻で笑いながらソルドは続ける。

「もうお前の理想に付き合うのもうんざりなんだよ。このままじゃ命がいくつあっても足りやしない」

「ソルド、あなた何を言って」

ルミナは信じられないものを見たような表情を浮かべた。ソルドが自分の騎士になってからというもの、彼のことは騎士として、一人の人間として信頼を置いていたからだ。

「ルミナが命を懸けたところで、結局それを守るのは俺だ。勝手に人の命まで懸けるな」

「ソルド、お前……」

レグルス大公は何かに気付いたように呟くと、責めるような瞳でソルドを見やる。

「やっぱ皇女付きの騎士はクビにしといてくれ。ああ、打ち首でもいいけど」

ふざけた態度で一方的に告げると、ソルドは執務室を出ていく。

ただ茫然とその場に立ち尽くす心から忠誠を誓う主を置いて。

◆◇◆◇◆◇◆◇◆

静まり返った夜の城内で一人の騎士が足音を殺して歩いていた。

いくつかの隠し通路を抜けて地下用水路の入り口に辿り着くと、そこにはある人物が立っていた。

「こんな時間にどこへ行かれるのですか、忠義に厚い騎士様」

「……クレアさん」

月明かりに照らされ、クレアが笑みを浮かべる。彼女はソルドが単身で獣人街に向かうと予想して待ち伏せをしていたのだ。

「何年一緒に過ごしていると思っているのですか。ソルド様の行動くらい手に取るように読めます」

「クレアさんって地下用水路の匂い苦手じゃなかったんですか？」

「苦手でも必要とあれば進まなければならないときもあります」

どこか茶化すようにクレアは答える。

「ソルド様でも暗い中この地下用水路を抜けるのは危険です。近衛兵だって今はここまで巡回でやってくるのです。道案内くらいはさせてください」

クレアの気持ちはありがたく、ソルドとしてもありがたい申し出だった。地下用水路は暗く、水路に落ちればアルデバラン侯爵のように溺死する可能性もある。

クレアのように、目を瞑ってでも地下用水路を抜けられる人間が案内をしてくれることは渡りに船だった。

「止めないんですね」

「止まるんですか？」

「止まりませんよ」

「だから止めないんです」

「理解ありすぎぃ……」

結局、ソルドはクレアの提案に乗って地下用水路の案内を頼むことにした。

地下用水路を歩きながら、二人は特に会話もなくただ黙々と歩いていく。

少し進んだところで、クレアが足を止めた。

「しっ、この先に近衛兵が二人います。迂回しましょう」

「相変わらず聴覚過敏すぎませんかね」

人並み外れた聴力にソルドは半ば呆れ顔になりながらも、迂回して別の道を進むことにする。

それから再び互いに言葉を発することなく、水音だけが地下用水路に響く時間が続く。

しばらく無言のまま時間が流れたが、沈黙を先に破ったのはソルドだった。

「クレアさん、気付いてますよね。日蝕の魔王が誰なのか」

日蝕の魔王。それはソルドが知っている数少ない原作知識の一つ。

おそらく帝国に仇《あだ》なす存在であろうことだけが判明している存在だ。

「……さて、なんのことでしょうか」

「勘のいいクレアさんが気付かないわけないでしょ。エリダヌスの事件、獣人街の焼き討ち。

どれも本来の歴史《原作》ならおっちゃんが人間に絶望するには十分すぎる事件だ」

「だから、お一人で獣人街の焼き討ちを止めにいくのですか？」

そう返されてソルドは言葉に詰まる。

もちろん、レグルス大公を日蝕の魔王にしないためという理由もある。

だがソルドが今、死地にも等しい場所へ向かっているのは、偏《ひとえ》に自分が仕えている頼りなくも純粋で真っ直ぐな主の助けになりたいと思ったからだ。

「ついでですよ、ついで。放火のために駆り出されてる憐れな一般兵に稽古をつけてやるだけですから」

「そのようなバカげた芸当ができるのはソルド様くらいでしょうね」

苦笑するクレアにはソルドの考えなどお見通しだった。

彼女にとって、ソルドは幼い頃より接してきた弟のような存在である。そのくらい造作もないことだった。

「ソルド様、私はこの日常が好きです」

流れる水の音にすらかき消されそうな小さな声でクレアは呟く。

「レグルス様がいて、ソルド様がいて……そして、ルミナ様がいる。あの執務室でソルド様の作ったスイーツを堪能する。そんな日常が何よりも大好きなのです」

それはクレアがずっと胸に抱いていた純朴な願いだった。

「だから、どうか死なないでください」

「死にませんよ。だって俺は――〝ルミナの聖剣〟ですから」

そこでソルドは冗談めかして笑って告げる。

「ほら、原作のタイトル的に俺が主人公でしょ？　主人公が死ぬわけないじゃないですか」

「ふふっ。それもそうですね」

ソルドの返しに、クレアもまた笑いながら答える。

「紅茶の準備をしておきますから、早めに戻ってきてくださいね」

「手作りスイーツも準備しなきゃですね」

二人は笑い合うと、足早に地下用水路を進んでいくのであった。

◆◇◆◇◆◇◆◇◆

地下用水路を抜け、城を脱したソルドは厩舎《きゅうしゃ》より拝借した馬に跨り獣人街へと急ぐ。

「近衛騎士団は城の警護がある。獣人兵団は獣人街の焼き討ちに参加することはない。そうなると……やっぱり、近衛騎士団を除く騎士達が相手だな」

いくらルミナが獣人街を含めた領地の邦主を務めているとはいえ、彼女の一存で騎士団を止め続けることはできない。

何より、官僚の大量呪殺に関わった者を逃げる前にまとめて焼き払う。その行為に大半の官僚が賛同しており、獣人への憎しみも加わって収拾がつかなくなってしまっていたのだ。

手綱を握りしめる拳に力がこもる。

ソルドがいかに帝国最強の騎士とはいえ、それは一対一での話だ。

騎士団を相手取り、単騎で戦いを挑むことがどれだけ無謀なことかはソルド自身が一番よくわかっていた。

「なんだかんだで楽しかったな……」

この世界に転生し、レグルス大公に拾われた。

世界を旅して回りたい。それは嘘ではない。

ただそれ以上に、恩人であり自分にとっては親のような存在だったレグルス大公の力になりたい。その一心で血の滲むような努力をして騎士になった。

前世では手に入らなかった、ずっと望んでいたもの。

それをレグルス大公は与えてくれたのだ。

「おっちゃんを魔王になんてさせない。ルミナの願いを踏みにじったりなんてさせない。クレアさんの想いも守るんだ」

軍隊では通れない道を馬で駆け抜けたソルドは、壮絶な覚悟と共に剣を抜く。

そして、平原の向こう側に見える松明の光の群れを見て口元を吊り上げた。

「ここにいるのは帝国最強の騎士、ルミナの聖剣ソルド・ガラツだ！」

自身を鼓舞するように声を張り上げると、ソルドは剣を構える。

「覚悟を決めた〝勇者〟からかかってこい！」

刹那、一陣の風が平原を吹き抜けた。

◆◇◆◇◆◇◆◇◆

ソルドが騎士団と相対している頃。

執務室に取り残されたルミナとレグルス大公は沈んだ表情を浮かべていた。

「どうして、こんなことになってしまうのでしょう……」

信頼していた騎士であるソルドの離反に、ルミナは意気消沈していた。

ソルドの真意を知っているレグルス大公はどう言葉をかけるか悩む。

「皇女殿下は間違っていません。全ては余の力不足故の出来事です」

「レグルス大公は何も悪くありません！　むしろ、わたくし達はずっとあなた達一族にひどい仕打ちを……」

ゾディアス帝国が獣人の王国アルギエを侵略してからというもの、獣人達は長い歴史の中で辛酸をなめさせられてきた。

王の象徴たるアルギエ王家は人間の血が混ざることでその尊厳を破壊され続けた。

戦闘部族として生きてきた獣人達はいいように労働力として使われた。

表向きは人権を保障するなどと言っても、獣人の扱いは奴隷同然と言っても過言ではなかった。

唯一皇族の血が混ざり、官僚という立場に就いているレグルス大公も、言ってしまえば獣人達に首輪を着けるための人質だ。

「それは違いますな」

「え？」

しかし、レグルス大公はルミナの言葉を首を横に振って否定した。

その瞳には一切の負の感情が宿っていない。

「確かに皇族が我ら一族に行ったことに思うところもあります。ですが、皇女殿下は違うでしょう？」

「しかし、わたくしは空っぽです。ソルドがいなければ何もできないバカな皇女なのです。小綺麗な理想を掲げたところでなんの力にもなりません」

「少なくとも、余は救われました」

自分を卑下《ひげ》し続けるルミナへとレグルス大公は優しく微笑みかける。

「人間にも、皇族にもあなたのような方がいた。その事実にどれだけ救われたことか」

「レグルス大公……」

そう告げられ、ルミナはそれ以上何も言えなかった。

恨まれても文句の言えない立場の自分へのもったない言葉を聞いたことで、涙が溢れるのをぐっと堪えることしかできなかったのだ。

それからレグルス大公はどこか悲しげに目を伏せ、ぽつりと呟く。

「きっと〝原作〟での余はその気持ちを忘れてしまったのでしょうな」

「それは、どういう？」

思いがけない言葉の内容にルミナは困惑したように問いかける。

ソルドの言っていた原作という名の本来あり得た歴史。それがレグルス大公となんの関係があるのか、ルミナにはいまいちよくわかっていなかった。

「ソルドの言っていた原作での巨悪、日蝕の魔王の正体はおそらく余なのです。おそらく、ソルドもクレアも気付いていていながら余を気遣って何も言わないのでしょうな」

「帝国を滅ぼす巨悪にレグルス大公が？」

あまりにもイメージとかけ離れている。素直にルミナはそう感じた。

「こうして余が人間を恨まずにいられるのもソルドの奴が頑張ってくれたおかげです。もしソルドが余に積極的に関わろうとしなければ、今頃は憎悪に呑まれていたことでしょう」

「そう、でしょうか」

ルミナが首を傾げると、レグルス大公はどこか懐かしむような口調で続ける。

「誰もが正しく在れるわけではない。どんな者も簡単なきっかけで道を踏み外してしまう。余が正しく在れるのは、ソルドの存在があったからなのです」

レグルス大公の脳裏に幼い頃から自分を慕ってくれていたソルドの姿が鮮明に甦る。

レグルス大公には、ソルドがいなければ道を違《たが》えていただろうという確信があった。

だからこそ、信頼していた騎士の離反に心を痛めているルミナへと言葉を送る。

「皇女殿下、あなたの剣を信じてください」

たった一言。その一言だけでルミナには全てが伝わった。

◆◇◆◇◆◇◆◇◆

ソルドが騎士団と相対してから、どれほどの時が経っただろうか。

無数にいた帝国騎士達は、一人また一人と膝をついていく。

「怯むなぁ！　相手はたった一人だ！」

「ハッ。団長なら俺の強さは知っているでしょうに！」

ソルドは剣を振るい、肉食獣のように獰猛な笑みを浮かべる。

その手に握られている剣は、既に剣とは呼べない代物になっていた。

幾度となく剣戟を繰り返したことで刃は潰れ、剣は鋼の板がついた棒切れと化していた。

ソルド自身も、騎士団から受けた傷が体中に刻まれている状態である。

「ソルド！　いい加減にしろ！」

「俺達に仲間を殺させないでくれ！」

当然、騎士団の中にはソルドと旧知の仲の者もいた。

中には命を救われた者だっている。そんな彼らがソルドに剣を向けるのは抵抗があったのだ。

「うだうだ抜かすな！」

ソルドは四方八方から切りかかってくる剣を左腕を剣に変化させることで防ぐ。

そして、かつての同胞達を一喝する。

「騎士がそんな覚悟で剣を振るってんじゃねぇよ！」

鎧や武器だけを的確に斬りつけて破壊する不殺《ころさず》の剣。卓越した技術によってソルドは多対一

という不利な状況にもかかわらず、誰一人として殺さずに戦況を維持していた。

「矢を放てぇ！」

「つたく、団長は遠慮がないねぇ」

後ろに控えていた部隊が一斉に矢を放つ。

「だったら……！」

素早く戦闘不能にした騎士達を遠くへと放り投げると、ソルドは即座に全身を剣へと変化させる。

剣と化したソルドに当たった矢は弾かれ、その体には一切の傷はつかない。

身動きが取れなくなるためあまり乱用はできないが、範囲攻撃を受け流すのにはもってこいの異能だった。

「コクリさんはうまくやってくれてるかね……」

再び人間の姿に戻ったソルドは、霞む視界にまだ無傷の獣人街を映す。

ソルドは獣人兵の知り合いの中でも交流のあった飛べる鳥の獣人へと使いを頼んでいた。

コクリやギャラパゴスなど、獣人街でも影響力のある者に、獣人街から逃げるように伝えてもらうためだ。

「団長、いい加減諦めたらどうなんですか。俺を倒したけりゃ、この百倍は持ってきてもらわないと勝てないですよ」

故にこの戦いは時間稼ぎ。

獣人街に火が着く前に住人達が避難することが最低条件。

理想は誰も死なずに騎士団が撤退することだ。

「ほざけ。ソルド、貴様はもう立っているのも精一杯だろうが」

「剣になれることにはついては、もう突っ込まれないのか……」

「お前ならば何が起きても驚かん」

ソルドの異常性をよく理解している団長は淡々と告げる。

それにしたって驚かなさすぎるだろうと、ソルドは呆れた表情で息を吐いた。

「団長は今回の命令、なんとも思わないんですか？」

「凶悪犯を取り逃さぬための仕方ない措置だと聞いている」

団長は感情のない声で続ける。

「平和のためには犠牲が必要だ。騎士の鑑《かがみ》と称されたお前ならわかるはずだ」

「わかりませんよ」

国の意向を受けて動く以上、綺麗事だけで済むはずがない。そんなことはソルドもわかりきっていた。

かつての上司であったこの男とはそんなことを語り合える仲だったのだ。

「考えることを放棄して、救うべき命を見捨てる人間の御託《ごたく》なんざわかりたくもない」

だからこそ、ソルドは落胆する。

彼もまた帝国の闇に呑まれて考えることを放棄してしまったのだと。

「皇女殿下付きの騎士になってから随分と腑抜けたようだ……ソルド、残念だが帝国に歯向かう者は斬らねばならん」

「その言葉そっくりそのまま返しますよ」

ソルドはそう告げると、傷ついた剣を鞘へと納めて両腕を剣に変化させた。

再び空気が張り詰める。団長の前にいた騎士達も油断なく武器を構えている。

だが、もう既に勝敗は喫していたに等しい。

「悪いな、団長……〝日輪聖剣《カレッドヴルフ》〟!!!」

「がっ……！」

剣と化した両腕から繰り出された神速の斬撃が武器や鎧をバターのように切り裂いていく。

会話しながらソルドは間合いを詰めていた。前に立ち塞がる騎士も盾も意味をなさない。

司令塔を倒されたことと実力差を見せつけられたことで、騎士達は次々に戦意を失っていく。

「手負いの猛獣は怖い。団長、あなたが遠征のときに教えてくれたことですよ」

最後にそう言い残すと、ソルドは薄れゆく意識の中でルミナの顔を思い浮かべる。

「あとのことは頼んだぞ、ルミナ……」

打ち首ィ！　と叫ぶ主の顔を思い浮かべて口元を吊り上げると、ソルドはその場に崩れ落ちたのだった。

◆◇◆◇◆◇◆◇◆

ソルドが目を覚ますと、そこは帝国城内の医務室だった。

薬草の匂いに顔をしかめて目を覚ます。体中に包帯が巻かれていることが確認できる。

「痛っ……！」

体を起こそうとした途端、ガシャンという音が鳴って痛みが走る。

よくよく見てみれば、ソルドは四肢を鎖で固定されていた。

当然と言えば当然だ。

ソルドは騎士団をたった一人で壊滅させたのだ。

あの場で命を落とさなかったとて、このまま無罪放免というわけにはいかないだろう。

「ソルド、お前暴れすぎだろ」

「おー、お迎えはお前か」

医務室に入ってきた近衛騎士はソルドと同室の騎士だった。

「近衛騎士団と獣人兵団以外の騎士は壊滅状態。死者こそ出なかったものの、こりゃ世紀の大事件だぞ」

大事件を起こした下手人を前にしているというのに、同室の騎士は長年連れ添った友人に声をかけるようにいつもと変わらない調子で話しかけていた。

「それで俺はこれからどうなるんだ」

「どうやら一旦、査問会にかけられるらしいな」

騎士はソルドの拘束を解きながら答える。

「そりゃ随分とお優しいことで」

随分と温情のある処遇だ。

ソルドはどこか他人事のように考えながら騎士に連行されていった。

◆◇◆◇◆◇◆◇◆

帝国城内部に存在する議事堂は、重厚な雰囲気に包まれていた。

壁には歴代の王の肖像画が並び、天井には豪華なシャンデリアが輝いている。中央には長いテーブルが置かれ、その周りには帝国の重臣達が座っていた。テーブルの一端には、威厳に満ちた皇帝陛下が座り、その隣には近衛騎士団の団長が控えていた。

「これより、騎士ソルド・ガラツの査問会を開会する」

議長を任された宰相であるヴァルゴ大公が厳粛な声で宣言する。その声が議事堂に響き渡ることで、その場の緊張感がより一層高まった。

「本日は、皇女ルミナの騎士であるソルド・ガラツの行動について、真実を明らかにするための審問を行う。全員、厳粛にして公正に対処するように」

厳粛にして公正に、などと言われてもその通りにできる官僚が果たして何人いるのだろうか。

査問会と銘打ってはいるが、実際のところは決定している罰を告げるだけの場だ。

そんなことを思いながら官僚達に視線を向けてみると、その中には胃を摩っているレグルス大公の姿があった。

悪いな、おっちゃん。

心の中で謝罪をしつつ、ソルドは視線を正面へと戻す。

「被告人ソルド・ガラツ、前に出よ」

「はっ」

ヴァルゴ大公が命じると、ソルドが軽やかな足取りで前に進む。

「ソルド・ガラツ、貴様には反逆罪の容疑がかかっている。その件について、証言せよ」

ソルドは深呼吸し、真っ直ぐにヴァルゴ大公を見据えて話し始める。

「私は帝国に牙を剥くつもりなど毛頭ございません」

そう前置きすると、ソルドは話を続ける。

「獣人街の焼き討ち。それは邦主である皇女殿下ルミナ様の名誉を無視した唾棄《だき》すべき所業であり、その行為こそがゾディアス帝国への裏切り行為だと私は考えております」

査問会は瞬《また》く間にざわめきに包まれた。

ソルドは周囲から騎士の鑑とまで称されるほどに従順で外面《そとづら》がいい。

そんな彼が官僚達へ真っ向から異を唱えるなどとは、ここにいる面々は夢にも思わなかったのだ。

「騎士団の方達も任務が故、仕方なくこの人道に反した愚行を行わざるを得なかった。私は主と同胞達の名誉を守るために剣を振るっただけにございます」

主であるルミナと騎士達の名誉を守るために戦うという言い分は、官僚達からすればもっともらしいものに思えただろう。言葉の端々に棘《とげ》があることを除けば、だが。

「確かに騎士団に死者は出なかった。しかし、この国の守りの要が壊滅状態にあるのだ。このことについてはどう思っている」

「獣人兵団と近衛騎士団がまだおります。むしろ、国防の要にこのような行為を命じた者に問題があると私は考えております」

ソルドを侮っていた官僚達は、彼の発言に眉をひそめた。

「さっきから黙って聞いておれば、騎士の分際で！」

案の定、一人の官僚が激昂《げっこう》して立ち上がった。

「騎士ごときに、ここまで愚弄されて黙ってなどいられるか！」

「そうですぞ！」

「言い逃れのために都合の良い言葉を並べているだけだ！」

彼に同調するように複数の官僚が立ち上がって抗議を始める。

「静粛に」

しかし、ヴァルゴ大公が発したたった一言でその場は収まる。

彼の一声はまるで湖に投げ込まれた石のように、波紋となって静寂を広げる。どんな喧騒もその一言に呑み込まれ、瞬く間に場は静まり返った。

ヴァルゴ大公はソルドに向き直ると、厳《おごそ》かに問いかける。

「騎士ソルド。貴様はルミナ皇女殿下を守るように命じられていた。そうだろう？」

「はっ、おっしゃる通りでございます」

「ならば貴様の行った蛮行は主の命に背いたとも言える」

ヴァルゴ大公はソルドへと鋭い視線を向ける。

「守るべきルミナ皇女殿下の御傍《おそば》を離れたことは言い訳のしようもございません」

それでも、ソルドは涼しい顔で言葉を紡いでいた。

「ですが、あのお方の想いと誇りは守らせていただきました」

「なんだと？」

「わたくしめは剣、主の歩むべき未来を切り開く聖剣にございます。そのためならば、どのような処罰を受けても構いませぬ」

堂々と言い放つソルドに、ヴァルゴ大公は憎しみすら感じさせる表情を浮かべて告げる。

「死罪は免れぬぞ」

「委細承知のうえでございます」

間髪いれずにソルドが答える。流石《さすが》のヴァルゴ大公も彼が即答することは予想外だったようで、少しばかり瞠目した。

そのままソルドの死罪が決定する。誰もがそう思ったときだった。

「待ってくだされ、ヴァルゴ大公！」

レグルス大公が声を張り上げ、立ち上がった。

「レグルス大公、異論があるのならば申されよ」

「寛大なお言葉、感謝いたします」

レグルス大公は深々と一礼すると、冷静に告げる。

「忠誠心の高い騎士であるソルドがこのようなことを起こしたのは、そもそもルミナ皇女殿下が邦主を務める獣人街の焼き討ちという蛮行をあなたが強引に推し進めたことが原因ではございませんか」

「貴様、我らに責任を擦り付けるつもりか！」

「責任の所在を明らかにしたまでにございます」

官僚達からの非難の声にも動じず、レグルス大公は続ける。

「どうか考え直していただきたい。このままでは我が帝国は忠義に厚い最強の騎士を失うことになります。その損失は計り知れませぬ」

レグルス大公は頭を垂れて懇願する。

「レグルス大公の意見にも一理ある。だが、私は帝国に歯向かう仇敵をいち早く討つために動いたまで。それを邪魔立てした騎士ソルドは死罪に処すのが当然さね」

表向きは官僚達の集団呪殺事件が引き金となった獣人街の焼き討ち。

得体の知れない技術を使い、地位のある人間を殺す獣人を街ごと処分する。それによって貴族を含めた人間へと安寧をもたらす。それこそがヴァルゴ大公の目的である。

「それは嘘です！」

勢いよく扉が開き、凛とした声が響き渡る。

突然の乱入者に、官僚達は怒号を飛ばそうとして慌てて口を噤《つぐ》んだ。

「る、ルミナ皇女殿下……」

ある意味、予想できることではあった。

もとより、今回の獣人街焼き討ちはヴァルゴ大公をはじめとした反獣人派が強引に推し進めたことだ。

邦主であるルミナを無視したことは突かれれば痛いところ。故にルミナはこの場に呼ばれていなかった。

「ルミナ皇女殿下。あなた様はこの場にお呼びしていなかったはずですが？」

「それは大問題でございますね。獣人街の邦主であるわたくしをこの場に呼ばないとは、宰相といえど責任を追及せざるを得ません」

他の官僚達と違い、ヴァルゴ大公がルミナをこの場に呼ばなかった理由は一つ。

彼女をやんちゃな子供として扱っており、邦主という役目も首輪のつもりでつけていたに過ぎないからだ。

「いい加減大人しくしてくださらぬか。政《まつりごと》は子供のお遊びではないのですぞ」

「お遊びではないと理解しているから大人しくできないのです」

役職に就いている以上、権利はある。

宰相であるヴァルゴ大公にも負けず、ルミナは毅然とした態度で言い返す。

「わたくしに〝お遊び〟のつもりで領地を与えた。だから我が想いを尊重し、領地を守った騎士を断罪する査問会には呼ばない——ふざけているのですか、政は子供のお遊びではないのですよ」

ルミナはかつてないほどに怒りを覚えていた。

皇帝陛下にも劣らない威圧感に、周囲にいた官僚達がごくりと唾を呑む。

「此度《こたび》の件、我が剣ソルドが騎士団を相手に刃を向けたことは事実です。もし彼に罪を問うのならば、その責任は剣の主であるわたくしのもの。剣が物事を考えられるとお思いで？」

「ルミナ、皇女殿下！　それは……！」

ソルドはルミナの言葉に驚いて声を上げそうになるが、ルミナが軽く睨みつけたため慌てて押し黙る。

それでは、意味がない。なんのために突き放したと思っているんだ。

そんなソルドの心の内を見透かしたように、ルミナが小声で呟く。

「あなたを死なせるなんて……ぜぇったい嫌ですから」

一瞬だけ子供っぽくなったルミナに、ソルドは何も言えなかった。

再び凛と澄ました表情を取り繕い、ルミナはヴァルゴ大公と向き直った。

「わたくしの責任を問う前に、宰相ポルト・ルゥ・ヴァルゴ。あなたの罪を明かさなくてはいけません」

「ほう、私の罪ですか」

ヴァルゴ大公はルミナの登壇に全く動じていなかった。むしろ、こうなることを望んでいたかのようにすら見える。

「邦主であるわたくしの不在をいいことに理由をこじつけての焼き討ち。こんな勝手が許されるはずがありません。今回のことはあなたの独断で、官僚達は体よく乗せられただけなのではないですか？」

「何故、そう思われるのですかな」

ヴァルゴ大公の鋭い眼光がルミナを射抜く。その迫力に気圧《けお》されることなく、ルミナは真っ直ぐに彼を睨み返した。

しばしの沈黙の後、ルミナは一歩前に進み出て口を開く。

「ヴァルゴ大公、あなたは官僚の死因が呪殺ではないと知っているのではありませんか？」

「っ！」

ルミナの発言にヴァルゴ大公は大きく目を見開く。

彼以上に動揺したのは、査問会に参加していた反獣人派の官僚達だった。

それらを捨て置き、ルミナは続ける。

「城内で調査を進めてわかったことがございます。獣人達は呪殺など行ってはいない。彼女達を媒介にした感染症が原因で官僚達は亡くなった。そのことをあなた自身が理解していたのではありませんか」

「何をバカな……」

否定しようとするが、ヴァルゴ大公は明らかに狼狽える様子を見せている。ルミナの指摘が図星であることは明白だった。

「獣人街にマリンという狐の獣人の少女がいます。獣人としての血は母であるコクリさんより薄く、おそらくは人間との間にできた子でしょう」

「その娘がなんだと言うのさね」

「マリンは、あなたのお孫さんなのではありませんか？」

今度こそ、ヴァルゴ大公の顔色が変わった。

それと同時に官僚達のざわめきも大きくなる。

反獣人派のトップに獣人の孫娘がいる。それはあまりにもあり得ないことだったからだ。

「獣人が我が孫ですと？　冗談もほどほどにしてくだされ」

顔をしかめ、ヴァルゴ大公は吐き捨てるように言う。しかし、答えは既にルミナの中で出ていた。

「あなたは数年前に息子を病気で亡くしている。それも今回亡くなった官僚達と同じ症状で……もう調べはついています」

ルミナはそう告げると、蝕みの宝珠を取り出す。

「皇女殿下、それは……！」

「どうやらご存じのようですね。エリーン遺跡の最奥部にて入手いたしました」

再び動揺を露にしたヴァルゴ大公へとルミナは淡々と告げる。

「これは蝕みの宝珠。我が皇家の祖先、魔女エクリプスの作りし魔導具。人間が触れれば特殊な異能を得ることができ、獣人や動物が触れれば理性なき獣と化す」

特殊な異能、という言葉にその場にいた全員がソルドに視線を向けた。

「お察しの通り、ソルドはこの宝珠に触れて剣になる異能を得ました」

そこで言葉を区切ると、ルミナはヴァルゴ大公へと詰め寄った。

「しかし、物事には例外というものがございます。例えば、獣人でありながら宝珠の力を制御できる皇族の血を引くレグルス大公が蝕みの宝珠に触れた場合、どうなると思いますか？」

「まさか……」

「ええ。異能を得た獣人が生まれます。事実、狐の獣人であるマリンはそうなりました」

ヴァルゴ大公の息子の死因は狐の獣人による呪殺ということになっているが、真実はエキノコックスへ感染したことだった。

この結論に至れたのは、偏に獣人街でマリンが蝕みの宝珠に触れてもバケモノに変貌しなかったことが大きい。

獣や獣人は宝珠に触れれば、肉体を蝕まれてバケモノへと変貌する。

人間は宝珠に触れれば、特殊な異能を得ることができる。

マリンはそのどちらにも当てはまらない。

それはマリンがヴァルゴ大公の孫、つまり皇族の血を引いていたからである。

レグルス大公やヴァルゴ大公ほどの貴族になると、それなりに色濃く皇族の血を引いている。皇族の血を引いているということは、日蝕の魔女エクリプスの血を引いているということ。

獣人と魔女の血が混ざりあった結果、マリンは獣人の身でありながらもバケモノへと変貌することはなかったのだ。

「この宝珠の存在を知る宰相ポルト・ルゥ・ヴァルゴ。あなたならわたくしの言いたいことはわかりますよね？」

「……どうやら全てお見通しのようだ」

観念したように大きく息を吐くと、ヴァルゴ大公はゆっくりと語り出した。

「数年前、息子が亡くなった」

その当時のことを思い出し、ヴァルゴ大公は苦渋に満ちた表情を浮かべる。

「当時も狐の獣人による呪殺が疑われたよ。事実、息子は城下町で暮らすコクリという狐の獣人と恋仲にあった。だが、彼女がそんなことをする者でないことはよくわかっていた」

普段は一方的に獣人を敵視していたヴァルゴ大公だが、その言葉からは偏見ではなく、コクリという個人を理解しているようにも窺えた。

「そして、獣人の歴史を調べ、狐の獣人が呪術に長けていると言われるようになった原因に思い至ったのだ――奴らを媒介にして感染する病を呪殺と呼んでいたのだと」

「そこまでわかっているのならば、何故！」

「だからさね。獣人が症状を発症せずに感染症の媒介となる病がある。その解決法もわからぬ以上、丸ごと焼き払うしかあるまい」

ヴァルゴ大公の出した結論は極論が過ぎた。それでも、彼なりに国を守るために行動していたことではあったのだ。

「たとえお孫さんがいるとしてもですか」

「親族可愛さに国を滅ぼす原因を放置するとでも？」

ヴァルゴ大公の瞳には揺るぎない決意の色があった。

「覚悟を決めたつもりでいるみたいですが、獣人街を焼き討ちにしても、なんの解決にもなりません」

ルミナはヴァルゴ大公を真っ直ぐに見据えて告げると、唐突に振り返って扉の向こうへと呼びかける。

「入ってください」

「失礼いたします」

扉がゆっくりと開き、一人の女性が入ってくる。

琥珀色の髪に、どことなくルミナと似た顔立ちの女性。その姿を見てソルドすらも息を呑んだ。

その姿を見れば誰もが思うことだろう。直系皇族にかなり近しい尊い血を引くお方なのだと。

「彼女は皇族の一角モルド家の子孫、ミー・ルナ・モルド。今は獣人街で薬師をしております」

「お初にお目にかかります。ミー・ルナ・モルドと申します」

そこにいたのは、獣人街で獣人の振りをして薬師をしていた女性ミールナーだった。

「モルド家は爵位を剥奪され、追放されたはず……その子孫が何故、この場に」

「彼女は極めて高い薬学知識と医学知識を持っています。此度の感染症について、報告のためにこの場にお呼びした次第です」

ルミナはヴァルゴ大公の疑問に答えると、ミールナーへと話を振る。

「ミー殿。説明をお願いいたします」

「はっ」

ドレスの裾を摘まみ、優雅に一礼するとミールナーは口を開く。

「呪殺と思われている病、エキノコックスは人間が感染した場合、発症までに一〇年はかかるものでございます。おそらく官僚の中には症状が出ていないだけで感染している方もいることでしょう」

「そなた此度の元凶たる病を知っておるのか!?」

「もちろんでございます」

胸を張ってミールナーはそう言い切る。

まるでエキノコックスがこの世界で認知されていないわけではない。専門分野を齧っていれば知っているくらいの病であるように振る舞ったのだ。

「鼠の体内で幼虫が育ち、狐の体内で成虫へと成長する寄生虫が引き起こす病です。獣人街を焼き討ちにすれば感染拡大は防げますが、城下町や城内の感染はまだ終わっていません」

「なん、だと……」

ヴァルゴ大公を含め、その場にいた全員の顔が青ざめる。

先ほどの蝕みの宝珠の件といい、ルミナやミールナーが嘘を言っている様子はない。

その言葉はたとえ嘘だったとしても、真実だと思わざるを得ないほどの説得力を秘めていた。

皇族の血を色濃く引く者の言葉ということも大きいだろう。

「ご安心くださいませ。すぐにルミナ皇女殿下のご活躍によって事態は収束に向かうことでしょう」

「何ですと？」

ニヤリと笑うと、ミールナーはルミナの行った対策について語り出す。

「もとより獣人街ではわたくしめが薬師として開発した殺鼠剤〝スーマルキ〟が流通しております。獣人街で感染症が流行らなかったのは、獣人達の耐性ではなく偏に鼠を撲滅していたからでございます」

自分の功績による部分が大きいため、ミールナーは得意げな顔をする。

「城下町のほうでも同様にスーマルキを使用し、鼠の撲滅を図ります。また獣人兵団から鳥の獣人をお借りして鼠の住処を片っ端から潰しております。彼らは鼠の居場所を探るプロですから」

そこで言葉を区切ると、今回の件について誰もが聞きたかった解決法を口にする。

「また既に感染している者には、体内に巣くう寄生虫を殺す薬を処方します。時間はかかるでしょうが確実に感染は収束していくことでしょう」

薬師らしくスラスラと語りながらミールナーは艶々《つやつや》した表情になっていた。

とことん専門分野について語れることが嬉しかったのである。

言葉を失い唖然とするヴァルゴ大公へルミナが優しく語りかける。

「幼少期からコクリさんと会ってるソルドや他の耐性を持たない獣人が生きていることを考えれば、コクリさんがエキノコックスを体内に宿しているとは考えづらいです。ヴァルゴ大公の息子さんが感染したのはコクリさんと別れさせられた後、城下町の違法娼館を利用して狐の獣人と交わったことが原因かと……きっと、コクリさんのことが忘れられなかったのですね」

ルミナはヴァルゴ大公の息子の心情を慮《おもんぱか》って顔を伏せた。

それから表情を引き締めて告げる。

「ヴァルゴ大公。獣人街を焼き討ちにしたところで何も解決はしません。ソルドはあなたが罪のない臣民達を殺めるのを止めてくれたのです」

「それは……」

「目下すべきことは忠義に厚い騎士の処罰ではなく、引き続きエキノコックスの対処をすることかと思われますが？」

その一言がトドメとなった。

「査問会は、中止する」

ルミナの言葉に促され、ヴァルゴ大公は査問会を取りやめる。

「騎士ソルド・ガラッにかけられた容疑は不問とし、追って沙汰を出すこととする」

ひとまず首の皮一枚で繋がった。

騎士団を壊滅させた件については何かしらの罰はあるだろうが、死罪は免れた。

そのことに安堵しつつも、ソルドは緊張を解かずにその場に佇む。

「忠道、大儀であった。これからも精進せよ」

「はっ！」

ヴァルゴ大公の言葉にソルドは跪く。そしてヴァルゴ大公が退室するのを確認すると、ゆっくりと立ち上がって肩の力を抜いた。

そんな彼の背中にルミナが声をかける。

「お疲れでしたね、ソルド」

「それはこっちの台詞だ。ありがとな、ルミナ」

いまだ慌てふためく官僚達に聞こえないように小声で返すと、ソルドは頼もしくなった主に笑顔を浮かべるのであった。

◆◇◆◇◆◇◆◇◆

帝国城地下。

複雑に入り組んだ地下用水路を抜けた先にある隠し部屋にて、黒いローブを被った怪しげな集団が会合を開いていた。

「ベオウルフも、ドラキュラも蝕みの宝珠の回収には失敗したか……〝叛逆の牙〟の名が泣くな」

「「申し訳ございません」」

前に出ていた二人の獣人がリーダー格の人物へ跪く。

ベオウルフと呼ばれた人物は牙を剥き出しにして歯を食い縛り、ドラキュラと呼ばれた人物は特徴的な形の耳を垂れさせる。

「我らが王は牙を抜かれ、すっかり悪しき人間共への恨みを忘れた様子……誠に嘆かわしい」

大仰な動作で額に手を当てると、リーダー格の人物は熱に浮かされたように語り出す。

「アルギエ王国が帝国に敗れてから我らは虎視眈々《こしたんたん》と機会を窺ってきた。獣王様が伝説の雄獅子として生まれ落ちた今こそ、我らが悲願を果たすときだ」

リーダー格の人物が手を挙げると、集団の全員が立ち上がり拳を掲げる。

「やはりあの騎士と小娘が邪魔だな。また策を考えねばならぬか」

忌《い》まわしげに舌打ちすると、リーダー格の人物は二人へと告げる。

「貴様らは引き続き、表での任務に当たれ。努々《ゆめゆめ》その在り方を損なうな」

「「誇り高き牙に誓って」」

帝国に巣くう闇は静かに動き出す。

まるで夜行性の獣が獲物を狩るように。

エピローグ

波乱に満ちた査問会を終えたソルド達はアルデバラン侯爵の墓の前にやってきていた。

あの後、ミールナーは「今後もご贔屓に」とだけ言い残して獣人街へ戻っていった。

蝕みの宝珠に素手で触れて何ともなかったことから、ミールナーが皇族の血を引いている純血の人間だということは疑いようもない事実。

「よくミールナーも乗ってくれたな」

しかし、あまり表舞台に立ちたくなさそうなミールナーが協力してくれたことに、ソルドは疑問を抱いていた。

「スーマルキが大量に売れると喜んでましたよ」

「そりゃ商魂逞しいことで……」

思ったよりも俗っぽい理由に、ソルドは呆れたようにミールナーの顔を思い浮かべた。

「あの人の素顔、ルミナそっくりだったな」

瓶底眼鏡と猫耳ウィッグを外したミールナーはルミナとそっくりだった。

「案外モルド家の血筋というのも本当なのかもしれませんね」

「うむ、モルド家は皇族の中でも血が濃い。ミールナー殿がモルド家の家系ならば、今回の功績をきっかけに戻ってきてほしいところだ」

クレアの言葉にレグルス大公が頷く。

皇族の血を色濃く引く人間は貴重だ。ルミナの代では直系皇族はルミナと彼女の弟と他数名。

先のことを考えれば、ミールナーに皇族へと戻ってきてほしいと思うのは当然だった。

「あの人はどこかの誰かさんと同じで、じっとしてる性分じゃないだろ」

「『確かに』」

「な、なんで皆さん激しく頷いているんですか！」

ソルドの言葉に深く頷くクレアとレグルス大公を見て、ルミナは頬を膨らませていた。

「そして、ヴァルゴ大公は追放か」

「お父様の許可を得ず、独断で獣人街を焼き討ちにしようとしたのですから仕方がありません」

宰相だったヴァルゴ大公は、獣人街を焼き討ちにしようとした件で宰相の座を追われ、追放処分となった。

追放といっても国外追放ではなく、貴族階級を剥奪され城から退去することになるだけ。

当の本人はどこか清々《すがすが》しい表情で荷物をまとめ、獣人街へと向かっていった。

「コクリさんやマリンと仲良く暮らせればいいけどな」

「大丈夫です。獣人街の皆さんは優しい方ばかりですから！」

ルミナは笑顔を浮かべて自信満々に言い切る。

果たして獣人街を焼き討ちにしようとした元凶が、そう簡単に受け入れられるだろうか。

そんな考えが過ったが、ソルドは頭を振る。

「ああ、そうだな」

何事も悲観的に考えすぎることはない。たまにはルミナのように楽観的になるのも悪くないではないか。

そう思ったソルドは柔らかい笑みを浮かべた。

「さて、そろそろ無駄話はやめだ。アルデバラン侯爵を待たせるのも悪いからな」

「ああ、そうだな」

穏やかな空気のまま、全員が墓へと向き直る。

レグルス大公をはじめとして、ソルド、ルミナ、クレア、この場にいる全員がアルデバラン侯爵には恩があり深く感謝していた。

花を手向け、全員が黙祷を捧げる。

そして、真っ先に目を開けたレグルス大公は昔を懐かしむように口を開いた。

「アルデバラン侯爵。我々の蒔《ま》いた種は芽吹き、決して潰《つい》えることはない」

ソルドは獣人街の焼き討ちを身を挺して防いだ。

ルミナは今も獣人と人間が手を取り合う未来のために日々学んでいる。

クレアはそんな皆を支えてくれている。

「これほど心強い同志達がいるのです。余が魔王になることもないでしょうな」

レグルス大公の言葉に、その場にいた全員が弾かれたように顔を上げる。

そんなソルド達の反応を見てレグルス大公は苦笑した。

「ソルド、お前のおかげで余は〝ヒト〟のままでいられた。感謝するぞ」

「つたく、おっちゃん最近はそればっかだな。らしくねぇ」

心からの感謝の言葉に、ソルドは照れたように明後日のほうを向く。

「たまには素直に受け取ったらどうなんですか？」

「まあ、ソルド様はネタを挟まないと死んじゃう病ですから」

二人のやり取りにルミナは呆れ、クレアは楽しげに微笑んでいた。

「さて、と」

ソルドはルミナの前に移動すると跪く。

「ルミナ皇女殿下、この度は誠に申し訳ございませんでした」

「そ、ソルド？」

突然、騎士らしい口調になったソルドにルミナは怪訝な表情を浮かべる。

「護衛の任を放り出し、勝手な行動を取った罪。お詫《わ》びのしようもございません。いかなる罰も受ける所存にございます」

これは主の行動力を見誤り、勝手に自分が犠牲になって事を収めようとしたソルドなりのケジメだった。

それを理解したルミナは表情を引き締めると、ソルドへと言葉をかける。

「あなたは高い教養を持ち、獣人への偏見を持たない人間です」

「恐縮にございます」

「強さに関してもわたくしの護衛を務めるのには十分すぎるほどです」

「身に余る光栄に存じます」

「そして何より、不正を許さない正義の心。それはわたくしが望む帝国の未来には必要不可欠なものなのです」

「もったいなき御言葉にございます」

「そのためにもあなたの力が必要です」

「なれば、このソルド・ガラツ。命を賭してあなた様にお仕えする所存にございます」

ソルドは剣を抜いてルミナへと差し出す。

剣を受け取ったルミナはソルドの右肩に優しく剣を触れさせる。

「ソルド・ガラツよ。ゾディアス帝国第一皇女ルミナ・エクリプス・ゾディアスの名において、汝を我が剣たる騎士と認める」

剣は次に左肩に移動し、同様に触れられる。

「この身は至らぬ小娘に過ぎません。そんな主を持って不満はありませんか？」

「滅相もございません！　この身は皇女殿下の剣、〝ルミナの聖剣〟にございます。剣が主に振るわれて不満を持つことなどございましょうか！」

心の底から響くような真摯な口調でソルドは誓う。

「我が名はソルド・ガラツ。大変光栄なことにもう一度、ルミナ皇女殿下の護衛を務めさせていただくことになりました。我が命に懸けてもあなた様の剣として、常に御身を守り抜くこと

を誓います」

ソルドの誓いの言葉を聞いたルミナは満足げに頷くと剣をクレアへと渡し、右手をソルドへ向けて差し出す。

「あなたの働きに期待しています」

「はっ！」

ソルドはルミナの手を取り、甲に軽く口付けする。

墓石の建つ草原だというのに、まるで玉座と錯覚するほどに荘厳な空気が流れていた。

その美しい光景に、レグルス大公もクレアも息を呑んだ。

そして、二人を祝福するように優しい風が吹いた。

「あっ」

風はソルドの頬を優しく撫でたあと、ルミナのドレスの裾をゆっくりと持ち上げた。

跪いていたソルドの眼前には、ルミナが身に着けていた純白の下着が晒された。

「「…………」」

気まずい沈黙が辺りを支配する。

どうしたものかと思案した結果、ソルドは口を開く。

「うーん、色気が足りん」

「打ち首ィ！」

こうして心から臣民を想う心優しき皇女と忠義に厚い騎士の主従が誕生したのであった。《了》

あとがき
ルミナの聖剣ってタイトルなんだから主人公がルミナなわけねぇだろ！

改めまして読者の皆様、著者のサニキ リオと申します。

この度は私の初の書籍化作品である『ルミナの聖剣～タイトル的にこいつが主人公だな！～』をお手に取っていただき誠にありがとうございます。

本作は異世界転生モノでありながら、ミステリー要素を含んだ内容となっております。

もちろん、本場のミステリー作品と比べればミステリー風味くらいに感じてしまうかもしれません。トマトとケチャップくらい違うと思います。

しかし、トマト嫌いな人がケチャップならいけるように、本場のミステリーが苦手な方も楽しんでいただけるような内容に仕上げました。楽しんでいただけたなら幸いです。

さて、本作では某有名ＲＰＧが元ネタとなっており、作者自身幼少期はリ〇クのことをゼ〇ダだと思っていたこともありました。

その他にも、タイトルに名前があったら主人公の名前だと思ってしまうという現象は皆様も体験したことがあるのではないでしょうか？

タイトルだけは聞いたことがあるけど、なんだかんだでシリーズがたくさん出ていて未プレイのまま、なんて経験もあるかと思います。

本作の主人公ソルドは、そんなどこにでもいる日本人が『ルミナの聖剣』というゲームの舞台である異世界に転生し、原作の事件に巻き込まれていくお話でした。

ＷＥＢ版を読んでくださっていた方はわかると思いますが、内容はガッツリ加筆・修正しております。ミールナーの話やソルドの裁判はＷＥＢ版にはなく、元々入れたかったけど入れられなかったエピソードを書籍化の際に入れさせていただきました。

ただ作風やキャラの性格は変わっていないので、ご安心を。ＷＥＢ版でも書籍版でもソルドとルミナはノンデリのままです。

ソルドとルミナのデリカシーに欠ける言動は、友人達の会話を聞いていて、あまりにもデリカシーに欠ける発言は一周回って面白かったから取り入れたというのが大きかったです。

ノンデリ友人軍団には感謝ですね。ノンデリ万歳。

そんな友人を含め、本作の制作にあたって様々な方のお世話になりました。

本作を掲載していたカクヨム・ハーメルン運営の皆様、一二三書房の皆様、担当編集さん、イラストレーターのジェゼー様、本作をまだＷＥＢに掲載する前に読んでくれた最初の読者である姉。

そしてたった今、本作を読んでくださったそこのあなた様。

皆様のおかげで本作は世に出ることができました。

本当にありがとうございました。また次巻でお会いしましょう！

サニキ　リオ

唯一無二の最強テイマー
～国の全てのギルドで門前払い
されたから、他国に行って
スローライフします～
原作：赤金武蔵　漫画：田村紘一
キャラクター原案：LLLthika
異世界還りのおっさんは
終末世界で無双する
原作：羽々音色　漫画：ダンタガワ
オルクセン王国史
～野蛮なオークの国は、如何にして
平和なエルフの国を焼き払うに至ったか～
原作：樽見京一郎　漫画：野上武志

雷帝と呼ばれた
最強冒険者、
魔術学院に入学して
一切の遠慮なく無双する
原作：五月蒼　漫画：こばしがわ
キャラクター原案：マニャ子
どれだけ努力しても
万年レベル0の俺は
追放された
原作：蓮池タロウ
漫画：そらモチ
モブ高生の俺でも冒険者になれば
リア充になれますか？
原作：百均　漫画：さぎやまれん　キャラクター原案：hai
COMIC
NOVA
ノヴァ
https://www.123hon.com/nova/
話題の作品
続々連載開始!!

転生貴族の異世界冒険録
〜カインのやりすぎギルド日記〜
原作：夜州　漫画：香本セトラ
キャラクター原案：藻
レベル1の最強賢者
原作：木塚麻弥　漫画：かん奈
キャラクター原案：水季
我輩は猫魔導師である
原作：猫神信仰研究会　漫画：三國大和
キャラクター原案：ハム

捨てられ騎士の
逆転記！
原作：和田 真尚
漫画：絢瀬あとり
キャラクター原案：オウカ
身体を
奪われたわたしと、
魔導師のパパ
原作：池中織奈　漫画：みやのより
キャラクター原案：まろ
バートレット英雄譚
原作：上谷岩清　漫画：三國大和
キャラクター原案：桧野ひなこ
コミックポルカ
COMICPOLCA
話題のコミカライズ作品を続々掲載中！
毎週金曜更新
公式サイト
https://www.123hon.com/polca/
X(Twitter)
https://twitter.com/comic_polca
コミックポルカ
検索

BRAVENOVEL
ブレイブ文庫

ルミナの聖剣1
～タイトル的にこいつが主人公だな!～

2024年12月25日　初版発行

著　者　サニキ　リオ

発行人　山崎　篤

発行・発売　株式会社一二三書房
〒101-0003 東京都千代田区一ツ橋2-4-3
光文恒産ビル
03-3265-1881

編集協力　株式会社パルプライド

印刷所　中央精版印刷株式会社

ISBN 978-4-8242-0354-0 C0193